U0165806

現代小說概論

張堂錡 ◆ 編著

五南圖書出版公司 印行

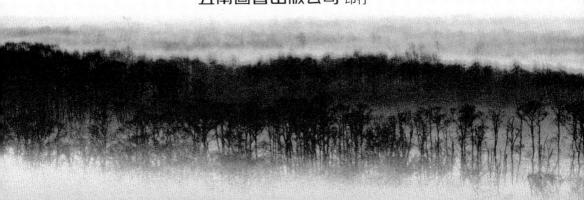

序

這本《現代小說概論》的完成出版，對我個人而言，意味著近幾年來埋頭於《教程四書》的寫作已近尾聲。繼《編輯學實用教程》（2002：業強）、《中國現代文學概論》（2003：五南）之後，這是我第三本具大學教程性質的著作，若再加上計畫中的《現代散文概論》，則我這部分的寫作計畫將可以告一段落了。事實上，《現代散文概論》的初稿早已完成，收於國立空中大學 1997 年出版的《現代文學》一書中，因六年版權尚未期滿，故暫時未能另行出版。這四本書的主題範疇，也就是我近年來主要講授的科目，教學研究之餘，編寫相關的教材一直是我的心願，如今眼看即將完成，心中自有一股難言的喜悅。

我教過的課程當然不只「編輯與採訪」、「現代小說選讀」、「現代散文選讀」、「中國現代文學史」這四門，還有「文學概論」、「報導文學」、「國文科教材教法」等，但近幾年來的主要心力集中於以上四門，經驗及心得相對較為豐富，因此選擇了這四門課程為編寫教材的對象。一如在教學上希望能兼顧理論與實務、創作與欣賞，對這些教材的編寫，也自我期許能達到入門與進階、自學與研究皆宜的實用目的，雖然四本書的側重點有所不同，但這個基本原則是寫作過程中一直自我要求的標尺。

《現代小說概論》一書，和《現代散文概論》一樣，原來是國立

空中大學「文學創作與欣賞」課程的指定教材，2000 年由趙衛民教授、沈謙教授和我三人分從新詩、散文、小說三部分編寫出版，作為空大學生的教科書，如今兩年版權期滿，故增補改寫，另行出版。全書以原來架構為基礎，分成導論（本體論）、歷史論、構成論、作家作品論四章：導論部分，以介紹小說的內涵、類型、魅力等文體特徵為主；歷史論部分，將二十世紀以來中國、臺灣的小說發展概況作了提綱挈領式的回顧，特別是增加了大陸當代小說發展概況，以補原空大教材的不足；構成論部分，則針對小說的基本要素包括主題、人物、情節、場景、語言、視角等進行分析說明，透過舉例論其技巧，明其運用；第四章作家作品論部分，精心挑選了二十位重要的作家（當然是我喜愛的作家），對其風格、地位及代表作品進行重點評介，原空大教材只有十六位，本書增加了蕭紅、王蒙、莫言、韓少功四位。不論對小說的初學者還是愛好者而言，這樣的內容安排應該可以達到入門的作用，至於更進一層的深探研究，則聽憑任課老師更精彩的發揮了。

感謝沈謙老師、簡恩定兄當初「編派」給我寫這部教材的「任務」，壓力使人成長，至少我準時交了書稿，並從寫作中獲益甚多；感謝五南圖書公司的王秀珍副總編輯，這本書和《中國現代文學概論》都在她的協助下出版，回想數年前同在東吳外雙溪教室裡上課的情景，怎料如今有此合作機緣，命運之奇妙只能讚嘆。小說世界與現實世界雖有不同，但其充滿各種可能性的迷人魅力則是一樣的，我曾經在其中優游、領略其無窮樂趣，希望所有喜歡小說的讀者也能從這本書中找到欣賞或創作小說的門徑。

張堂錡　2003 年 9 月寫於政大中文系

目次

第一章

導　論

∞ 第一節　現代小說的涵義與基本要素 ∞

■ 一、小說是什麼？

　　「小說」一詞在我國最早出現的記載，一般認為見於《莊子‧外物》篇：「飾小說以干縣令，其於大達亦遠矣」，這裡的「小說」與「大達」相對，是指瑣屑淺薄的言論，與現代的小說概念並不相同，但卻也指出了「小說」瑣屑小道的最初特性，例如後來漢代班固在《漢書‧藝文志‧諸子略》中說：「小說家者流，蓋出於稗官，街談巷語、道聽塗說者之所造也。」桓譚在其《新論》一書中也針對小說有所議論：「若其小說家，合叢殘小語，近取譬論，以作短書，治身理家，有可觀之辭。」他的看法也還是將小說視為治身理家的小道短書，而非治國化民的大道。這種將小說視為「閒書」的觀念似乎一直到清代都還延續著，《四庫全書》將小說分類為三：一為雜事，敘述舊聞者屬之；二為異聞，記錄神怪者屬之；三為瑣語，綴輯瑣屑者屬之。總之，都是供人「遊戲筆端資助談柄」，消閒之用。

　　雖然對小說的認識要到近代以後才有根本性的改變，但一般認為唐代傳奇的產生是小說發展的一大飛躍，不論在創作或理論上都與唐以前明顯不同。魯迅在《中國小說史略》中就指出，魏晉六朝小說多為單純搜奇記異，「大抵一如今日之記新聞，在當時並非有意做小說」，但是「小說亦如詩，至唐代而一變，雖尚不離搜奇記異，然敘述婉轉，文辭

華艷,與六朝之粗陳梗概者較,演進之跡甚明,而尤顯者乃在是時則始有意為小說。」從敘鬼志怪到描繪人事,唐傳奇的確有明顯的改變,〈霍小玉傳〉、〈枕中記〉、〈李娃傳〉、〈南柯太守傳〉等作品應是小說自覺、有意創作下的產物。小說發展到了唐代,正如魯迅所言,是「一個大變遷」,「在小說史上可算是一大進步」;到宋代以後,出現了以市民社會生活為內容的「話本」,「話本」一改過去的文言體而改採白話,因此這種小說又稱為「平話」,可說是我國白話小說的開山鼻祖。宋代白話小說在觀念、技巧上逐漸深入,成為敘事性文體的專稱,〈碾玉觀音〉、〈錯斬崔寧〉等即是其中的代表作。明清以後,出現了長篇小說發展的高峰,《紅樓夢》、《水滸傳》、《三國演義》、《西遊記》四大小說,以及《金瓶梅》、《儒林外史》等許多成熟且具特色的小說名作,使長篇小說的繁榮達到前所未有的盛況。

真正現代白話小說的出現,要到五四時期,但始於 1840 年鴉片戰爭、終於五四時期的中國近代小說可說是現代小說的先聲,其中最主要的是康有為、梁啟超等人提倡的「新小說」和「翻譯小說」,這些小說在 1898 年的「戊戌變法」到 1917 年文學革命的十年間大量湧現,風行一時,雖然總體創作成就並不高,但卻是中國小說由傳統過渡到現代的橋梁,歷史作用與價值不容忽視。其中較有成就的作品,「新小說」有李伯元的《官場現形記》、吳趼人的《二十年目睹之怪現狀》、曾樸的《孽海花》、劉鶚的《老殘遊記》等,「翻譯小說」則有林琴南翻譯的《巴黎茶花女遺事》、《塊肉餘生記》、《黑奴籲天錄》等,小說的出版數量和受歡迎的程度均達到新的階段。在小說觀念上,近代作家或學者已拋棄了過去視小說為閒書、小道的陳舊看法,在功能作用上賦予了較高的現實期待,例如康有為在《日本國書目志‧識語》中說:「僅識

字之人，有不讀經，無有不讀小說者。故六經不能教，當以小說教之；正史不能入，當以小說入之；語錄不能喻，當以小說喻之；律治不能治，當以小說治之。」梁啟超在〈論小說與群治之關係〉中也強調：「故今日欲改良群治，必自小說界革命始；欲新民，必自新小說始。」尤其是梁啟超一系列關於小說的論述，在當時產生廣泛影響，他所掀起的「小說界革命」標誌著小說觀念的現代化，也可以說是催生了五四現代小說的到來。當然，康、梁等人的說法，雖然大大提高了小說的地位，也改變了過去對小說僅供消閒娛樂的錯誤觀念，但其將小說功能過分誇大、高估，也是不切實際，尤其將小說與政治、社會改革聯繫在一起，對小說後來的健康發展產生了不利的影響。

　　五四以後，現代小說在時代環境改變、思潮更迭以及西方小說作品的啟迪影響下完成了文學自身的轉化演進，開創了中國小說發展的新紀元，湧現了一大批優秀的小說家及深具影響的傑作。1949 年以後，兩岸文學雖然各自發展，但都為小說世界的豐富、進步貢獻了許多足以傳世的經典作品。回顧二十世紀的文學發展，小說的成就與繁榮高於其他文類，已是不爭的事實，不過遺憾的是，雖然典範性的小說作品如林，佳作迭出，相關的小說理論書籍（包括外國翻譯引進）不斷問世，但對小說概念的理解卻長期以來缺乏一個完整的義界，而只能透過不斷的描述，來把握此一文體的特徵與本質。本書對「小說是什麼」此一根本性命題，同樣不能（其實也不必）有一決定性的解答，以下的分析與說明只是提供各家說法，希望從中尋求一些共識性的認識。

　　毫無疑問，小說是一種文類。一般對文類的概念有二：一是三分法，將文學分為以直接抒發作者感受和情緒的方式塑造藝術形象的「抒情文學」，以描寫生活事件、刻畫人物性格來塑造藝術形象的「敘事文

學」，以及用人物自身的語言和行為來塑造藝術形象的「戲劇文學」。此一分類法在西方流行，其抒情文學是指詩，敘事文學是指小說，戲劇文學是指戲劇；二是四分法，把文學分為詩歌、小說、散文、戲劇四種體裁，由於定名具體，類屬單一，特別是充分肯定了散文在文學領域中的獨立地位，中國多採此文類分法。不管是三分法或四分法，小說都是重要文類之一。

其次，小說是一種藝術。作為一種獨特的文類，小說有其文類自身的屬性與義涵，也有自身完整的藝術追求與表現。簡單的說，小說是透過完整的故事情節和具體環境描寫，來塑造人物形象，反映社會生活，思索生命意義的一種文學樣式。它不受時空與真人真事的限制，可以藉助虛構和想像，運用敘述和描寫等各種表現手法，多層面、多角度、深入地刻畫各式人物的性格、言行，表現錯綜複雜的矛盾衝突，展示人與外界的種種心理互動與生活經驗。它是說故事的藝術，語言文字的藝術，也是思想哲理的藝術，精神審美的藝術，想像與虛擬的藝術。法國《世界報》曾向全世界五百位作家提出一個問題——「你為什麼寫作？」答案五花八門，其中有許多位作家都提到了同一個說法，即小說家做的是上帝第八天的工作。聖經上說上帝用七天創造世界，所謂「第八天的工作」就是上帝還沒有創造出來的那部分，這部分應該由小說家來創造。這個比喻很有趣，它說出了小說作為一種藝術的創造性、想像性、可能性與必要性。

也有人認為，小說是一種競賽。這是西方一個有趣的說法，認為小說是與生活的競賽。王蒙〈漫談小說創作〉中說道：「我們作品的一切情節、人物、細節、結構、懸念、矛盾、衝突，戲劇性和非戲劇性，邏輯和非邏輯，虛構和非虛構，抒情和非抒情，無一不是來自生活的。構

成文學的因素，不管再奇、再巧、再大，它都來自生活的暗示，來自生活的啟發。」生活提供給我們悲歡離合、愛恨情仇、浮沈變遷、慾望糾葛，但是不是生活給我們的就是「全部」呢？恐怕不是，我們要的應該是來自生活但又要高於生活、更精彩的東西，為了追求這一高遠的目標，小說家要與生活本身挑戰、競賽。也就是說，小說不僅是對生活的一種「發現」，同時又是對生活的一種「發展」與「超越」。當然，這種主張顯然與文學反映生活、記錄生活的紀實小說創作觀迥異了。

小說家李喬在《小說入門》中，對「小說」的描述如下：「小說是以散文寫成，包含許多成分的虛構故事。」這「許多成分」是指作者安排的主題意識，必須的人物，一定的故事情節，設計的特殊結構，選擇的「敘事觀點」，以及適合包含以上各成分的語言文字；法國批評家阿爾比‧謝括利的說法是：「小說是用散文寫成的具有某種長度的虛構故事。」黃維樑《中國現代文學導讀》中則認為：「小說是一種敘述性文類，具有人物、故事情節、主題等元素，往往以娛樂讀者為寫作目的，也有兼具教誨功能的。」馬振方《小說藝術論》對「小說」的表述為：「以散體文摹寫虛擬人生幻象的自足的文字語言藝術。」主編《八十三年短篇小說選》（爾雅出版社）的作家張芬齡，則有另一種較感性的體會與描述：

小說是一面行走的鏡子，從古代走到現代，從人間萬象走入心靈深處。它照見生命幽暗的角落，也照見陽光滲射的簷牙；它照見骯髒卑劣的嘴臉，也照見純美誠摯的容顏。於是我們在小說的鏡子裡看到重疊交錯的生命景象……在小說的鏡子裡，人性被分解，生命被切片。

大陸知名小說家王安憶曾應邀到復旦大學講課，探討小說的藝術，她對「小說是什麼」也有自己的獨特看法：

> 那我自己對小說的命名是什麼呢？我命名它為「心靈世界」，很簡單。……因為我覺得它的產生是一個人的，絕對絕對是一個人的。……它完全是出於一個人的經驗。所以它一定是帶有片面性的。這是它的重要特徵。它首先一定是一個人的。第二點，也是重要的一點，它是沒有任何功用的。它不是說，最早這世界上沒有椅子，人為了坐的需要發明了椅子，然後在使用的過程中，檢驗著它的合理性使其越來越合乎使用的需求。而小說絕對是一個沒有功用性的東西，它沒有一點實用的價值的。……我覺得小說一定是帶有不完全的，不客觀的，不真實的毛病，用常說的話，它很主觀。但我不喜歡主觀這個詞，似乎太科學，也太冷靜了，我倒喜歡一些更加和人性有關係的東西。我就給它命名為一個「心靈世界」。

或具體或抽象，或整體或片面，他們說出了個人對小說的看法。眾所周知，小說是最具群眾基礎的文類之一，因此，「小說是什麼」這個問題，會被許多人視為不成問題的問題，但是要三言兩語說清楚、講明白，卻又不是件易事，因為小說觀念的開放、藝術的精進，是與時俱進的。不同的說法，都是一種「可能的描述」。以上各家意見不是四海皆準的定義，但都有助於我們去理解小說，拼湊小說，同時想像小說。

二、小說的基本要素

　　小說構成的基本要素為何？說法不一。英國小說家佛斯特（E. M. Forster, 1879～1970）在他那部被譽為「二十世紀分析小說藝術經典之作」的《小說面面觀》中，就小說的七個層面——故事、人物、情節、幻想、預言、圖式、節奏——來探討小說，認為小說家必須熟練地駕馭這些，才算是「面面俱到，面面俱當」，換言之，缺一則不夠完整、全面。楊昌年的《小說賞析》則清楚指出要素有三：情節（何事）、人物（何人）、背景（何時何地），同時，他也歸納出小說的特質有五點：一、有好意識（主題有啟示性或教育性）；二、須有一曲折動人之故事；三、須有人物刻畫；四、有佳妙之描寫技巧；五、有完整之結構，這些都是小說應具備的基本條件。很明顯的，兩人的說法有些差異，佛斯特強調了幻想（虛構）、預言與圖式，而楊昌年對時空場景的描寫、主題意識格外重視。正因為各家說法歧異，主題是否必要，時間、地點、景物是否列入等，遂見仁見智，各說各話。羅盤《小說創作論》乾脆分為主要元素與相關元素兩種：主要元素為主題、人物、故事，相關元素為時間、地點、景物。但他沒有提到結構、語言等小說重要元素，不夠周延。

　　一般而言，虛構與想像是小說的本體特徵，這已是被普遍認同的共識。如前所述，中國小說的誕生源頭來自寓言、神話、傳說、志怪等，主要還是透過虛構與想像，這與英語中的小說概念是一致的：novel 作為名詞指（長篇）小說，作為形容詞是指「異常的」、「新奇的」；fiction一詞源自拉丁文finco，與「虛構」同義，也就是除了指「小說」之

外，還有虛設、編造、捏造、假想、虛構之意。可見小說如果沒有虛構，就不是真正意義的小說。奇幻、科幻、魔幻的小說需要虛構是自不待言的，即使是現實、寫實、紀實小說，同樣離不開虛構，這也是小說與傳記、回憶錄等實錄文學的根本區別所在。當然，小說也不能離開現實，從某個意義上講，純粹幻想的小說是不存在的，它總會與現實有千絲萬縷的聯繫，或者是現實世界的投射、象徵、虛擬，或者是現實人生的變形、加工、重組，我們相信，取自現實再經小說家藝術加工的小說，永遠會比完全虛構的事件更真實，比完全真實的事件更動人。以假亂真，虛實相生，這種想像的必要，是小說世界迷人的魅力所在。在虛構及想像的基礎上，如果要落實到小說的創作與欣賞，至少應具備的基本要素有以下六項：

(一)主題

無論是創作或鑑賞小說，都不能不注意主題在小說中所扮演的統帥作用。它如同一篇小說的靈魂，有它才有生命，如果沒有主題，人物塑造就失去了依據。從鑑賞的角度來說，小說中的每一個人物、對話、場景、細節，都可能蘊藏著作品主題的某一個基因，因此，如何發現各部分材料對表現人物、主題的作用，是對鑑賞者不得不有的要求。凡是成功的小說，總能傳達出作者的人生思想、生活境界或生命意義，不論創作者是先有主題，還是先有題材，在作品完成之際，主題也已經成形，等待讀者的慧眼挖掘了。

(二)人物

小說須多方面細膩地刻畫人物性格，塑造人物形象。可以說，小說

創作的中心任務是塑造人物典型。一切小說皆離不開人生，也不能沒有人物。人物塑造的成功與否，直接關係到作品的成敗。老舍說：「創造人物是小說家的第一項任務。把一件複雜熱鬧的事寫得很清楚，而沒有創造出人物來，那至多也不過是一篇優秀的報告，並不能成為小說。」人物形象突出，小說就成功了一半。小說是生活的縮影，生命的投射，人物在其中的關鍵角色不言可喻。

(三)情節

情節一般帶有故事性，通常又稱為故事情節，但又不同於只單純敘述事件發生發展的一般故事，而是配合人物性格刻畫的事件演變過程，故情節被認為是人物性格的歷史。完整、生動、豐富的故事情節，對於強化人物性格，深化主題思想和增加作品的藝術感染力有重要的作用。小說是敘述性文類，在情節的完整性、生動性、複雜性方面有自己的特長。因為有好看的故事，小說才能家喻戶曉，流傳廣遠。

(四)場景

指時空背景、環境。小說中的人物活動和事件的發生、發展都離不開一定的時空環境。場景包括了人物生活的歷史背景、社會文化背景、自然地理環境和起居活動的空間。場景的設計與描繪，以烘托人物心理、性格、事件發生的背景、環境為目的。在小說中，如果沒有具體、生動的場景描寫，特別是描寫出那決定人物性格和事件發展的時代風貌與社會環境，就不能反映出人物思想言行與矛盾衝突的聯繫關係，因此，場景描寫是小說的一個重要特點。它如綠葉般要襯托人物、情節等紅花，沒有了綠葉，藝術感染力就會大打折扣。

(五)**語言**

文學是語言的藝術，小說也不例外。在小說創作中，不論是塑造人物、刻畫性格、情節發展、風格形成，都必須以語言來表現。換言之，無論形式或主題，小說創作最後都必須歸結到語言的運用，因此，語言是小說不可或缺的基本要素之一。而準確、生動、鮮明、精練、富於形象性和感情色彩、充分個性化，是小說語言的藝術特色。小說語言包括作品中人物的語言（即「對話」或「獨白」）和作家的敘述語言（即「敘事」）。語言是小說藝術的載體，沒有語言的表達，小說世界是空幻虛無的。

(六)**視角**

亦稱敘事觀點，是小說創作技巧之一。李歐梵曾說過：「西方小說技巧，最強調的一點就是：這個故事是誰講的，也就是誰是敘事者」（〈關於文學創作問題〉）。不管用的是全知觀點，還是第一人稱、第三人稱或特殊觀點，小說之有觀點已是基本型態。各種敘事觀點本身並無高下之分，端視其是否適用於表現不同的人物和故事。不論創作或欣賞小說，認識視角都是必須的。雖然有人認為敘事觀點對創作者是一種束縛，但其實也是挑戰。視角的運用，是小說重要技巧之一，而一切技巧的運用，都是取決於塑造人物烘托氣氛之所需，否則任何技巧都會黯然失色。

以上這六項要素，將於第三章中進一步說明。當代西方有一些現代派小說家鼓吹「非情節、非人物、非典型」的小說新理論，這「三非理論」以其新穎而一度引人側目，然而，按此理論寫出來的小說，因為沒

有故事情節，使讀者和評論家如墜五里霧中，不知所云。我們承認，各種大膽實驗、新鮮嘗試，使小說世界多彩多姿，充滿無限開展的可能性，一個優秀的小說家，也必然會在形式與內容上不斷企求突破，這也是小說創作實踐深入發展後的必然趨勢。但是以上這些小說的基本特質，經過長期無數作家的深耕廣織，確實有其可取之處。若要奉成小說寫作的金科玉律，固然不必，但澈底揚棄或嗤之以鼻，只怕同樣可笑吧！

∽ 第二節　現代小說的類型 ∽

　　小說可以從不同的角度或標準歸納出種種不同的類型。例如從篇幅來看有長篇、中篇、短篇、極短篇等之分；從體式來看有章回體、日記體、書信體、傳記體、寓言體之分；從語言來看有文言、詩體、白話之分；從內容來看有愛情小說、科幻小說、武俠小說、歷史小說、同志小說等；以表現手法來看有意識流小說、魔幻寫實小說、現代派小說等。國人熟悉的捷克小說家米蘭‧昆德拉在 1984 年接受法國記者採訪時提到，他認為小說有三種：敘事的小說（如巴爾扎克、大仲馬）、描繪的小說（如福婁拜）、思索的小說（敘述者即思想的人，提出問題的人，整個敘事服從於這種思索）；羅盤《小說創作論》中，依性質不同將小說分為愛情類、社會類、歷史類、俠義類、神怪類、寓言類、童話類、偵探類、間諜類、諷刺類、遊記類、戰爭類、探險類、歷險類、通俗類、現代派等十六種，洋洋大觀。也有的學者從小說的基本藝術型態將小說分為擬實與表意兩大類：

古今小說汗牛充棟，基本型態卻只有兩類：擬實和表意。前者以人生世事為藍本，內容須合現實的邏輯，以生活本身的樣態反映生活，傳達作家的識見、感情和理想；後者以表意為旨歸，內容是超驗的、非現實的，或是現實的變形變態，以奇思異想為意念、情感營造幻誕的形象結構，傳達作家的生活感受和真知灼見。對具體作品來說，兩者有時互相滲透，互相融合，但一般仍以其一為主。《源氏物語》、《紅樓夢》雖有一些怪誕成分，仍不失為擬實小說；《西遊記》、《唐吉訶德》雖也不乏擬實之筆，卻都屬於表意之作。（馬振方《小說藝術論》）

當然，任何分類都不能涵蓋小說全貌，也無需在此一一論列，以下僅介紹最常見的小說分類方式，即按作品篇幅長短、情節繁簡等因素所分的極短篇、短篇、中篇、長篇、大河小說等五種類型。分述如下：

(一)極短篇（short short story）

極短篇有不少異名，如小小說、微型小說、掌中小說、袖珍小說、一分鐘小說、超短小說、瞬間小說、焦點小說等，這些名稱都在強調其篇幅短小的特性。瘂弦於 1978 年在聯合報副刊上推出「極短篇」專欄時有一編者按語，對此一文類有精要的描繪：「極短篇是一個新嘗試，希望以最少的文字，表達最大的內涵，使讀者在幾分鐘之內，接受一個故事，得到一份感動和啟示。」近年來，此一小說次文類在諸多作家、編輯的鼓吹下，蔚為一時風尚，其「短而不小，輕而不薄」（苦苓語）、「小而省，小而美」（張春榮語）的藝術魅力，甚受讀者歡迎，也逐漸形成有獨特藝術性格的「極短篇美學」。大陸學者凌煥新在其專著《微

型小說藝術探微》中就歸納出極短篇的美學特徵有三點：機智化的單純美（抓住瞬間，透過部分反映整體）、特徵化的簡約美（簡約美是以突顯藝術對象的主要特徵為前提）、詩化了的神韻美（講究空白，追求餘味）。這三點是極短篇與長、中、短篇小說不同的別具個性的藝術美質。

　　大陸上稱「極短篇」為「微型小說」，專研此一文類有成的學者劉海濤，曾下過一個不錯的定義：「微型小說是在當代生活的基礎上迅速發展起來的，字數在一千五百字左右，既體現出小說的一切要素又具有其特殊規律的小說品種。」他的說法指出了極短篇的三個重要本質：一、字數上雖然有許多不同的主張，從百字到二、三千字都有，但一般認為以一千五百字較宜；二、極短篇不是新的小說樣式，它是具體而微的小說，小說該有的要素它一樣需要；三、雖然它是小說家族的一員，但它也有自己鮮明的文體特色——

1. **篇幅短小**：力求以少勝多，由小見大，一如郭沫若所說：「黃金只有一點點，但還是有它的分量；牛糞雖然一大堆，分量卻不見得有多重。」極短篇追求的正是以一當十，以微知著的效果。

2. **選材精粹**：主要體現在以下兩點——一是只宜敘述單一事件的聚焦點，二是只宜突出人物性格最精彩的閃光點。不宜長篇大論或慢慢鋪陳發展。

3. **構思精巧**：美國小說理論家羅伯特・奧斯佛特曾把「意外結局、立意新奇、結構完整」並列為極短篇的三大要素，其中「意外結局」被許多人認為是極短篇最大的特色。如何透過機智、巧妙地製造作品的意外結局，便成為作者苦心構思的重點。只要巧於營構，「雖寸長尺短亦可成名」（李漁《閒情偶記》）。

4.**語言精練**：張春榮以「短小精悍」形容極短篇，短小言其篇幅，精悍言其藝術內容。要做到「短小精悍」並不容易，張春榮認為須由作者（創作主體）的機智立意、作品（情節設計）的反差變化、審美效果（讀者閱讀）的婉曲含蓄，三方面高度巧妙配合才能達成。總之，如何以最短少的文字去傳達最大的語言信息，是極短篇作者的一大挑戰。

(二)**短篇**（short story）

要為短篇小說（中、長篇亦然）下一定義是困難的，畢竟它是不斷有人在不停試驗創造的，很難用幾句話來規範它。在 1921 年由清華小說研究社編印發行的《短篇小說作法》一書中便先採用「不是什麼」的方式來觀察，如短篇小說不是一篇縮短的長篇小說、不是一篇提綱等，然後再從「是什麼」來指出一篇理想的、完整的短篇小說應該要具備的特質有：一件主要的事情、一個主要的人物、虛幻、布局、簡潔、機構、單純的感動力等七項，並為短篇小說下定義為：「短篇小說是一篇虛構的短篇敘述文；展示一件主要的事情和一個主要的人物；它的布局是有意安排定的，它的機構是簡化過的，所以它能夠產生一個單純的感動力。」當然，這個定義也只是「一個」定義而已。

在小說家族中，極短篇是後起之秀，短篇小說長期以來則具壓倒性優勢。不論是作者或讀者，對短篇較為青睞是不爭的事實。一般來說，短篇是指三萬字以下，它往往截取生活中富有典型意義的一個片段或一個側面為題材，集中描寫，因而主題單純明確，情節結構簡單而緊湊，場景描寫簡明扼要，往往畫龍點睛地刻畫一、二個主要人物的性格特徵，從而呈現其社會意義。胡適在〈論短篇小說〉中就說：「短篇小說

是用最經濟的文學手段，描寫事實中最精彩的一段，或一方面，而能使人充分滿意的文章」，這就「譬如把大樹的樹身鋸斷，懂植物學的人看了樹身的『橫切面』，數了樹的『年輪』，便可知道這樹的年紀。」短篇小說就如樹的橫切面，集中一點來突出特點，它不求面面俱到（事實上也不可能），而希望「借一斑略知全豹，以一目盡傳精神」。大陸小說家王蒙把長篇小說比喻為「成套的衣服」，而把短篇比作「手帕」，說明了短篇小說以輕巧靈便取勝的特色。

㈢中篇（romance）

　　三萬字至十萬字左右的小說，一般視為中篇小說。例如張愛玲的《金鎖記》、魯迅的《阿Ｑ正傳》，一般均歸入中篇小說。它是介於長篇與短篇之間又晚於後二者出現的一種小說次文類。在情節上，它不像長篇複雜曲折，但比起短篇有較大發揮空間；在內容上，它反映社會生活面不如長篇寬廣，但比短篇更有回旋餘地。楊昌年指出其優點是「介乎長短篇之間，寫作較易成功。長篇情節多即易凌亂，情節少即易單調沈悶；短篇情節少易單調，情節多易擁擠。而中篇適度剪裁可收兩者之效，而無兩者之弊。」不過，傅騰霄《小說技巧》中針對中篇小說的字數問題有不同的看法，他舉十九世紀俄國文學批評家別林斯基的說法：「中篇小說也就是長篇小說，不過規模小一些罷了。」認為中、長篇小說不易區分，以海明威《老人與海》為例，原稿較長，但經作者刪削二百餘處後只剩三萬多字，西方卻仍將其視為長篇小說，而別林斯基也曾將長篇小說如《上尉的女兒》歸入中篇，將短篇小說〈伊凡諾維奇和伊凡‧尼基福諾維奇吵架的故事〉列為中篇，可見字數上的劃分存在著模糊的界限。

㈣長篇（novel）

容量大，一般在十萬字以上，能反映豐富廣闊而複雜曲折的故事情節，人物眾多，對場景的描繪也能細緻突出，可充分呈現出人物性格成長和發展過程，深入表現出某一時代的精神面貌。傅騰霄《小說技巧》中提到長篇小說有兩個特色：一是厚重性，亦即具深潛內蘊的包容性，這與短篇小說的單一性與明快性，恰成鮮明對照；二是整體性的結構，雖然長篇內容巨細不捐，豐厚異常，卻又秩序井然，一絲不亂。義大利著名作家阿爾貝托‧莫拉維亞寫於 1958 年的評論文章〈短篇小說與長篇小說〉中除了強調短篇小說有其自身的規範和規律，是一種獨立的自成一體的文學品種外，他也認為「長篇小說向我們展示的現實，要比短篇小說所表現的現實更加複雜、更加辯證、更加多元、更加深刻和更加形而上」，因此，短篇小說趨同於抒情詩，而長篇小說「則每每更接近於哲學論文」。從內容到形式，長篇小說的寫作對創作者而言，是一項極富挑戰性的書寫工程。

㈤大河小說（roman-fleuve）

比長篇的篇幅更長的小說，有人稱之為「大河小說」。一般至少五、六十萬字以上，甚至多達百萬言。畢竟十萬字與百萬字的篇幅明顯不同，都稱之為長篇則不易區分。如李喬的《寒夜三部曲》，東方白的《浪淘沙》，鍾肇政的《臺灣人三部曲》、《濁流三部曲》，巴金的《激流三部曲》等，都是大河小說巨構。它們所反映的社會生活面貌更為豐富，且除有一正主題外，常有若干副主題，故事情節曲折複雜，其優秀之作，常被視為歷史的巨幅畫卷。大河小說中最著名的應該是法國

小說家巴爾扎克以畢生心血構築的《人間喜劇》，包括中長篇小說八十五部（原計畫一百三十七部）、人物數千，展現出較大時間跨度的法國社會生活圖像，氣勢雄偉；左拉師承《人間喜劇》的大河小說《盧貢—馬卡爾家族》共有二十五部長篇、千餘人物，表現出駕馭小說素材的深厚功力；被稱為本世紀最長的長篇小說的《追憶似水年華》，同是法國小說家普魯斯特耗時十五年的經典名著，這部大河小說共七卷，洋洋灑灑三百萬言，法文本或英文本都超過三千頁，中譯本有聯經出版公司的七巨冊，動員譯家至少十餘人，令人嘆為觀止。

　　對創作者而言，大河小說不論在功力或毅力上，都是嚴苛的考驗。以朱西寧的《華太平家傳》為例，其寫作過程就備嘗艱辛，五十五萬字寫了十八年，七度棄筆重寫，第八次寫了十年，不料這三十萬字的原稿竟被白蟻蛀蝕，第九度啟筆寫了五十五萬字，原定寫一百萬字，卻因病過世，使這部家族史的巨著成了未完成的遺著。從構思到提筆，朱西寧在經營這部大河小說上付出了極大的心血，忍受了寂寞與挫折，但也為文壇樹立了小說家的不朽風範。也許正是對長篇甚至大河小說寫作的艱辛有深切的體驗，因此李喬在其《小說入門》一書中就特別列了一章〈長篇作者的條件〉，見道之語，值得參考。他提出寫作長篇小說的個人條件有以下數項：具備相當豐富的短篇小說經驗者；常識智識相當淵博者；生活經驗豐富或繁雜者；想像力豐富，愛恨強烈者；歷史觀、人生觀、生命觀趨於成熟，且已然自成價值體系者；擅長演繹故事者；注意力能持續集中者；禁得起寂寞考驗等。看來，寫長篇固然是所有小說創作者努力之鵠的，但其對身心、意志力的考驗也確實不足為外人道，夢雖甜美，但築夢的過程卻是孤獨而遙遠的旅程。

　　必須說明的是，從極短篇到大河小說，字數上的說明只是便於敘述

與區別，並無一定的標準，各類型之間也有重疊難分之處，不必硬予劃分。小說寫作的成功，從來不在篇幅的長短，而在作品形式與內容的完美結合，作者思想人格的深刻投入。一篇成功的短篇小說，它的藝術效果與影響力是絕不遜於長篇的。

∞ 第三節　現代小說的獨特魅力 ∞

　　梁啟超於 1902 年發表於《新小說》第一期的〈論小說與群治之關係〉一文，是現代小說史的經典文獻。他對小說的大加推崇，使我們明白「小說非小道」的原因所在。他說：「欲新一國之民，不可不先新一國之小說。」因為小說有「支配人道」的「不可思議之力」。這四種力是「一曰熏。熏也者，如入雲煙中而為其所烘，如近墨朱處而為其所染。」這是小說對讀者的熏陶作用；「二曰浸。熏以空間言，故其力之大小，存其界之廣狹；浸以時間言，故其力之大小，存其界之長短。浸也者，入而與之俱化者也。」這是指讀者對小說作品的陶醉、凝神；「三曰刺。刺也者，刺激之義也。熏浸之力利用漸，刺之力利用頓。熏浸之力，在使感覺者不覺；刺之力，在使感受者驟覺。刺也者，能入於一剎那頃乎起異感，而不能自制者也。」這是描述讀者受小說作用而產生的一種頓悟；「四曰提。前三者之力，自外而灌之使入；提之力，自內而脫之使出，……凡讀小說者，必常若自化其身焉。」這是說讀者經由真誠的體驗而產生的精神昇華。這熏、浸、刺、提四種力，也正是小說的四種魅力。

　　梁氏的四種魅力說，有其符合人性的心理基礎。第一、人都會希望

透過小說暫時脫離現實，神遊於不同的人生體驗中。他說：「凡人之性，常非能以現境界而自滿足也。而此蠢蠢軀殼，其所能觸、能受之境界，又頑狹短局而至有限也。故常欲於其直接以觸以受之外，而間接有所觸有所受，所謂身外之身，世界外之世界也。」而「小說者，常導人游於他境界，而變換其常觸常受之空氣者也。」指出人性都希望超脫於現實生活，進入審美幻覺中，小說則在現實與幻想中扮演橋梁角色；第二、小說可以將人們習焉不察的細節描寫出來，讀小說可以深入各種情緒的細微處。他說：「人之恆情，於其所懷境界，往往有行之不知，習矣不察者；無論為哀為樂，為怨為怒，為戀為駭，為憂為慚，常若知其然而不知其所以然」，而小說可以將這些情感「和盤托出，澈底而發露之」，從而收到感人至深的藝術效果。就因為深入人心，切合人性，小說始終具有無遠弗屆、難以阻擋的巨大魅力。

梁啟超說的四種力，既是小說的魅力，也是小說的作用力。它不只是可以娛樂消遣、打發時間，也可以陶冶人心、變化氣質，可以反映社會、刻畫現實，可以為時代作見證、為歷史作記錄，它可以小到照見人心幽暗的細微處，也可以大到改變歷史興亡人物沈浮的褒貶。夏增佑於1903 年寫的〈小說原理〉中提到小說的魅力，有一段形象化的描述：「一榻之上，一燈之下，茶具前陳，杯酒未罄，而天地間之君子、小人、鬼神、花鳥雜遝而過吾之目，真可謂取之不費，用之不匱者矣。」小說世界，包羅萬象，一書在手，忘憂取樂，且所費不多，難怪小說會成為最受讀者歡迎的文類之一。而它為政治喉舌的功能，補正史之遺的角色，在二十世紀有了淋漓盡致的發揮，王德威就認為「小說是現代中國文學最重要的一種文類」。受歡迎與受重視，小說的彈性之大、功能之廣、魅力之深，於此可知。

美國批評家阿米斯在其《小說美學》書中有一段話談到小說審美的經驗十分傳神,對小說魅力的詮釋有深刻的體會:

> 閱讀一本小說,那就等於找到一個性格指南,並且找到一個廣闊的活動場所……可以毫不誇張地說,小說讀者從小說中獲得的性格要比他從相對來說是有限的外部經驗中獲得的性格還要多。……人們往往忽略了周圍的事物或者認為這是理所當然的,而在小說中這卻成了審美對象。人們周圍的生活大部分悄悄流逝了,在小說中卻變得戲劇化了,在這裡人生本身才得到了客觀注意,才充滿了涵義。一個人由平日的偏見和成見所形成的盲目、狹隘的力量在小說中暫時消失了,他放鬆了警惕,他要吸收平日會拒之門外的那些東西,於是,他對平日敵視或漠視的那些人物或趣味產生了同情,他的個性打開了,每當他讀一本重要的小說時,都會有一個整體的世界闖入他的內心。

郁達夫於二〇年代寫的《小說論》中也談到他對小說此一文類特性與功能的觀察,他認為受教育的人空閒時沒有書讀是很難受的,「然而帶教訓性質的聖經賢傳,和要求精細的注意力的科學哲學,不是消閒的佳品。讀了又覺得快樂,又覺得舒服,並且於消磨時間之外,有時候間或可以得到社會智識的讀物,除小說以外,卻無別的東西了。」人因枯燥生活而疲倦時,他認為可以「來安慰他們,使他們在人生的道上,得暫時忘記他們的十字架的擔負的,是小說家的如花如蜜的靈筆。」這些說法其實和梁啟超、夏增佑的言論並無二致,都從不同角度指出小說所具有的不可思議的魅力。

　　每個人的一生都是一部小說，在人類歷史的鴻篇巨制中，每個人的故事都可以成為或長或短的一頁。即使你不是小說家，而是小說的愛好者，也可以在小說中看到自己生活中的某個片段，或是自己性格遭遇的倒影。小說就是這麼奇妙，當你開始要認真讀小說或寫小說時，其實，你已開始踏上認識自己的生命旅程了。

第二章

歷史論

∽ 第一節　現代小說發展歷史概述 ∽
（1917～1949）

■ **一、現代小說第一個十年：文學革命階段**

　　正如清末到民初各種思想、政治、社會等革命，促使中國邁向一個新紀元，1917 年的文學革命，也揭開了中國現代文學的序幕。從此，中國文學的發展歷史進入一個迥異已往的新時期。從 1917 到 1949 年，一般文學史家稱之為「現代文學三十年」。第一個十年指 1917 年至 1927 年，第二個十年指 1927 年至 1937 年，第三個十年指 1937 年至 1949 年。作為現代文學重要標誌的小說，伴隨著文學三十年的發展，始終引領風騷，如長河大流，推湧著現代文學前進，繁榮，發展。

　　過去談論現代文學的誕生，多以 1919 年的五四運動為里程碑，但隨著研究的深化，目前以 1917 年的說法較具說服力。這主要與胡適於1917 年 1 月，在《新青年》雜誌上發表〈文學改良芻議〉此一劃時代的文獻有關。胡適提出「八不」，主張以白話文學為正宗，態度雖然溫和，但首先發難的歷史功績不可抹滅。接著，真正「高張文學革命軍大旗」的陳獨秀，於二月號《新青年》上發表〈文學革命論〉，提出三大主義：要建設平易的抒情的國民文學、新鮮的立誠的寫實文學、明瞭的通俗的社會文學。這篇文章可說是文學革命的宣戰書，澈底要與傳統封

建文學劃清界線。他們兩人的主張得到錢玄同、劉半農等人的撰文支持，加上北大學生羅家倫、傅斯年等人辦《新潮》月刊的響應，使文學革命聲勢日漲。1920 年時，北洋政府下令小學一、二年級全面使用白話文課本，文學革命取得了初步的勝利。

　　文學革命的具體成績是湧現了一批出色的創作。在小說方面，如魯迅的〈狂人日記〉、〈藥〉、〈孔乙己〉，葉聖陶〈這也是一個人〉，冰心〈斯人獨憔悴〉，許地山〈命命鳥〉、〈綴網勞蛛〉，郁達夫〈沈淪〉等，其中又以魯迅的作品最具代表性。他的〈狂人日記〉發表於1918 年 5 月的《新青年》上，一般文學史家都認為這是中國新文學的第一篇白話小說，雖然有人認為第一篇白話小說應該是女作家陳衡哲於1917 年 6 月在《留美學生季報》發表的〈一日〉，但論文學技巧與影響力，〈狂人日記〉的聲勢顯然掩蓋了〈一日〉，而被大家視為新文學的第一篇白話小說。魯迅的小說，不論從主題思想、題材內容、語言形式到藝術表現手法，都澈底改變了傳統小說的格局。爾後，他的小說創作「一發而不可收」，從1920 至 1925 年間，他陸續發表了二十多篇小說，結集成《吶喊》（1923 年）、《徬徨》（1926 年）二書，不僅為現代小說的萌芽奠定了基礎，而且在二十世紀小說史中，魯迅及其作品已成不可忽視的文學豐碑。可以說，在現代小說第一個十年中，魯迅是不可替代的象徵性作家。

　　現代小說的出現，明顯的與傳統小說有所不同，綜合來說有四點：

　　1. **語言媒介**：傳統小說或用文言、半文言，現代小說則用純粹的白話。

　　2. **表現技巧**：主要是敘事時間、敘事角度、敘事結構等敘事模式的不同。陳平原《中國小說敘事模式的轉變》對此有精闢的分析，

他指出，中國古代小說在敘事時間上基本採用連貫敘述，在敘事角度上基本採用全知視角，在敘事結構上基本以情節為結構中心。但在受到西方小說啟發與自身的創造性轉化後，這些敘事模式有了改變：在敘事時間上改採連貫敘述、倒裝敘述、交錯敘述等多種；在敘事角度上改採全知敘事、限制敘事（第一人稱、第三人稱）、純客觀敘事等多種；在敘事結構上也有了以情節為中心、以性格為中心、以背景為中心等不同的表現模式。此外，還有敘事者身分的轉變，過去傳統小說的敘事者大多是說書人角色，以說故事的方式進行，但現代小說的敘事者則多元出現，可以是旁觀者，也可以是故事中的人物，身分則五花八門，不拘一套。這些與傳統小說不同的敘事模式，是新舊小說間最重要的區別。

3. **內容主題**：以反對封建專制的種種黑暗、迫害，代替了傳統小說「文以載道」的各種陳腐主題，如忠孝節義、因果報應等。

4. **人物形象**：以社會底層普通人的形象，取代傳統小說中的帝王將相、才子佳人。唐翼明的說法可供參考：「傳統小說也有寫普通人的，現代小說也有寫領袖與英雄的，但即使同是寫普通人，或同是寫英雄，現代小說與傳統小說的著眼點也不同，現代小說著眼在他們的『凡』，而傳統小說卻著眼在他們的『不凡』。」

五四文學革命可說是我國歷史上前所未有的一次澈底的文學革新運動。西方思潮的大量湧入，其規模之大、性質之雜，為世界文學史上所罕見，也為現代文學的發展提供了良好的基礎。名家輩出，社團林立，儼然一派文藝復興氣象。在第一個十年中，不能不提文學研究會與創造社這兩大社團。從 1921 年到 1923 年，全國出現大小社團四十多個，到

1925 年增至一百多個，新文學社團的紛紛成立，說明了新文學運動已從初期少數先驅者側重破壞舊文學，轉為大批文學生力軍側重建設新文學了。其中成立最早、影響最大、最具代表性的是文學研究會與創造社，它們各有特色，共同為新文學的發展作出巨大貢獻。

1921 年 1 月在北京成立的文學研究會，發起人有周作人、蔣百里、鄭振鐸、孫伏園、葉聖陶、許地山等十二人，後來成員發展到多達數百人。主要刊物有《小說月報》、《文學旬刊》、《文學週報》等。其創作傾向多以人生和社會問題為題材，主張「為人生而藝術」，方法上強調現實主義。1932 年 1 月因《小說月報》停刊而自行解散。創造社則稍晚，於 1921 年 7 月（一說 6 月上旬）在日本東京正式成立，最初成員都是當時的留日學生，有郭沫若、張資平、郁達夫、田漢等，其中以郁達夫的小說成就較受人矚目。他們先後創辦《創造》季刊、《創造週報》、《洪水》等刊物，並出版《創造叢書》。其基本藝術傾向是浪漫主義，主張「為藝術而藝術」，創作大多側重自我表現，有濃厚的抒情色彩。其活動以 1925 年「五卅」事件為界，分前後兩期，前期在思想上致力於反封建，從藝術上推動文學革新，後期則轉向提倡「革命文學」，1929 年 2 月解散。

這個階段較活躍的社團還有新月社、語絲社、湖畔詩社等。至於較活躍的小說作家則還有冰心、王統照、許地山、盧隱、郭沫若、王魯彥、廢名、馮沅君等。

■二、現代小說第二個十年：革命文學階段

1927 年冬，蔣光慈、錢杏邨（阿英）等人在上海成立了「太陽

社」，宣傳無產階級革命文學，加上以郭沫若、成仿吾等為代表的後期「創造社」，一起在《創造月刊》、《太陽月刊》等刊物上，大力提倡革命文學運動，一時流行。1930 年 3 月，魯迅與創造社、太陽社的代表共同研議，在上海成立了「中國左翼作家聯盟」（簡稱「左聯」），宣告以「從事無產階級藝術的產生」為其奮鬥目標。從此，左傾的作家愈來愈多，文學創作出現了許多具強烈戰鬥性、激情高昂的作品，文藝的大眾化、實用性、社會性等議題受到重視。然而，過於強調文學的宣傳作用，使文學成為階級鬥爭的工具，忽略文學的藝術性，這種「左」的幼稚病，使左聯的發展受限，魯迅的抨擊堪稱一針見血，他指左聯是「只掛招牌，不講貨色」，認為革命文學「當先求內容的充實和技巧的上達」，不可忽視文藝特性。因為以政治代替藝術所造成一連串的內訌，左聯於 1936 年解散。但不論如何，第二個十年中，左聯的聲勢與影響力是最大的，它所提倡的「革命文學」觀點也成為這一時期的小說創作思想主流。

這個時期的小說有不少驚世或傳世之作，如丁玲發表於 1928 年的《莎菲女士的日記》，「震驚了一代的文藝界」。這是丁玲的成名作，使她繼冰心之後，成為現代文學三十年中最富盛名的女作家。而《莎菲女士的日記》也繼郁達夫《沈淪》之後，又一篇長期毀譽交加之作。小說採用日記體，以莎菲和南洋闊少凌吉士的愛情為主線，以莎菲與性格怯懦的葦弟的關係為副線，透過大膽、袒露的兩性描寫，真摯且深入地刻畫了這個在五四浪潮衝擊下走出家門，追求新生活又被社會逼上絕路的知識女性苦悶、徬徨的掙扎心理，同時也曲折地反映了當時中國社會的真實狀況。

茅盾的長篇小說《子夜》出版於 1933 年，這是他的代表作。茅盾

在創作上追求「巨大的思想深度」與「廣闊的歷史內容」，力求能反映時代全貌，他因此被稱為「社會剖析小說的奠基者和引路人」，《子夜》則是他創作理念下一部出色的作品。寫工人罷工、農民暴動、商場的爾虞我詐、家庭的矛盾衝突，士農工商各階層的活動與心態，他都靈活地藉眾多人物、複雜情節，層次分明地加以生動刻畫。尤其是主人公吳蓀甫一心想要發展民族工業，最後失敗的悲劇形象，描寫頗為成功。情節安排上有張有弛，很有節奏，多種矛盾同時出現，互相糾纏，張力十足，在當時及後來都博得很高的評價。此外，他的短篇小說如〈林家鋪子〉、〈春蠶〉等，也都能與當時革命脈搏相通，具有鮮明的時代色彩。他曾說過，一個作家應該同時是一個思想家，應該對時代提出的問題作出「回答」，應該指引人生「向美善的將來」（〈文學者的新使命〉）。他這種屬於革命現實主義文學的觀點，一貫且鮮明地表現在他的小說中。

　　吳組緗的小說也是這一時期的代表之一。1930 年，他發表短篇〈離家的前夜〉，正式踏入文壇，此後創作不斷，1932 至 1934 年間是他小說的豐收期，《西柳集》和《飯餘集》中的大部分作品都寫於這一時期。如作於 1934 年的〈樊家鋪〉，描寫貧苦的農家婦女線子，為救入獄的丈夫，向母親借錢以打點衙門上下，卻遭略有積蓄且放高利貸的母親拒絕，線子無奈，趁夜晚母親熟睡時去偷她的錢，不料被母親發覺，線子在情急之下失手用燭臺打死了母親。這血淋淋的人生圖景，揭示了反抗命運、而舊社會正走向崩潰的社會現實。1931 年作的短篇〈梔子花〉，可以看出吳組緗以小說挖掘社會矛盾現實的創作風格。這篇小說寫農村破產，店伙計祥發失業，他無奈離鄉到北京找工作，卻發現北京也是個「清水糞坑」，不久又失業，只得「拖著絕望的靈魂，創傷的

心」回故鄉去，但家鄉卻也是家破人亡了。小說中透過祥發的大堂叔之口說：「中國的社會，不澈底革一次命，也真沒有出路了！」和茅盾一樣，他的小說也具有鮮明的社會剖析特徵。

除了丁玲、茅盾、吳組緗，這一時期重要的小說家還有不少。1934年1月，沈從文開始發表中篇小說《邊城》；巴金膾炙人口的《家》，是他的《激流三部曲》之一，出版於1933年；1936年9月，三十七歲的老舍，開始在《宇宙風》雜誌上連載代表作《駱駝祥子》。這三位著名小說家，在後面會有專節介紹。此外，標誌著這一時期小說創作成就的作家還有葉紫、蕭軍、蕭紅、沙汀、艾蕪、張天翼、李劼人、施蟄存、蕭乾等人。其中施蟄存與劉吶鷗、穆時英三人所寫的小說，被稱為「新感覺派」。這是中國第一個現代主義小說流派。他們於1932年5月創辦《現代》雜誌，一個派別就此形成。這個派別受到日本新感覺派的影響，留學日本的劉吶鷗是始作俑者，他的短篇小說集《都市風景線》中的作品，已採用意識流、象徵、心理分析等手法。穆時英的《公墓》，以印象式、卡通式的跳躍手法，呈現出三〇年代都市崩壞的精神危機。此書一出，穆時英聲名大噪，被譽為「中國新感覺派聖手」。施蟄存的《梅雨之夕》、《將軍的頭》等小說，也都有意識地運用精神分析手法。此一流派的出現，說明了這一階段在小說表現方法上的多元創新現象。

第二個十年中，以蕭軍、蕭紅、端木蕻良、駱賓基、李輝英等人為主的「東北作家群」，值得一提。所謂「東北作家群」，是指1931年「九一八」事變以後流亡至關內或在日滿統治下以作品揭露現實、鼓吹抗日精神的東北籍作家。他們的作品一方面充滿濃郁的東北地方色彩，一方面取材於日軍侵略及東北大地所受的蹂躪痛苦，堪稱是「抗日文學

的先鋒」。蕭軍的長篇《八月的鄉村》、蕭紅的長篇《呼蘭河傳》、中篇《生死場》、端木蕻良的長篇《科爾沁旗草原》等，都是這一時期東北作家們的傑作。

社團林立，流派迭出，作家湧現，佳作如潮，第二個十年的巨大成就，使「三〇年代」成了這三十年的代稱。直到1936年「左聯」宣告自行解散，1937年「七七」事變爆發，現代小說的第二個十年也隨之結束。

▌三、現代小說第三個十年：戰爭文學階段

自1937年抗戰烽火燃起，再接著國共內戰的鬥爭，至1949年止，中國大地無一日不處於動盪不安中，也無一日不面臨生死存亡的危急關頭。戰爭，成了這一時期人民最習慣也最恐懼的生存狀態。肩負反映社會現實使命的文學，遂充滿了戰亂的硝煙味，以及苦難、流離的血淚控訴。不論從時代環境或文學表現來看，以「戰爭文學」來概括這一時期都是適切的。

第三個十年的小說創作情形，從時間上可以分成對日抗戰與國共內戰兩個階段。從政治、地域觀點來看，許多人將它分成所謂的國統區（國民黨統治區域）、淪陷區（日軍占領區域）、延安地區（中共占領區域）三大版塊。對日抗戰階段，表面上全國文藝界是團結一致對外的。1938年「中華全國文藝界抗敵協會」（簡稱「文協」）在武漢成立，發起人及理事名單包括了國共兩黨作家。它的成立，是現代文學史上第一次也是唯一的一次包括國共兩黨作家在內的合作。文協提出「文章下鄉，文章入伍」口號，發行會刊《抗戰文藝》，自1938年創刊到

1946 年終止，這份刊物貫穿了抗日戰爭時期，戰鬥文藝氣息瀰漫文壇。國共內戰階段，文學創作在思想內容上出現了大量暴露黑暗的作品，在形式表現上則朝著大眾化的方向發展。

　　從地域來看，值得介紹的有抗戰時期重慶的文壇、中共占領區的文學活動及淪陷區上海「孤島」文學。1939 年，「文協」隨政府遷往重慶，文壇重心南移，作家顛沛流離。作家趙景深說：「抗戰八年，把文藝界的朋友都打散了，東一處、西一處的不能聚在一起。桂林和重慶自然是兩個中心，桂林失陷後，只有重慶成為中心。」（《文壇憶舊》）重慶作家之多為各地之冠，刊物出版也相對蓬勃，如陳紀瀅主編《大公報》副刊、梁實秋主編《中央日報》副刊、宗白華主編《時事新報》副刊等；雜誌方面有李辰冬主編《文化先鋒》、胡風主編《七月》、茅盾主編《文藝陣地》、郭沫若主編《中原》月刊等。可與重慶文壇相媲美的是昆明文壇，沈從文、聞一多、朱自清等在西南聯大教書，西南聯大是北大、清華和南開三校的聯合，其中北大和清華居全國學界之首，因此，昆明文壇的動態也備受重視。至於原為國民黨控制的「文協」，不久就淪為左派作家操縱下的工具，只「抗敵」而無「文藝」了。寫於所謂「國統區」的小說有徐訏的《鬼戀》、無名氏的《北極風情畫》、鹿橋的《未央歌》、吳組緗的《山洪》以及「七月派」小說等。

　　中共占領區的文學活動，最重要的是 1942 年 5 月，毛澤東親自主持文藝座談會，兩次就文藝整風問題發表的講話，也就是影響日後中共文學發展甚巨的〈在延安文藝座談會上的講話〉。他明言文藝工作者應「站在無產階級立場上」，使文藝為人民大眾，尤其是「為工農兵服務」，提出文藝是從屬於政治的，文藝批評「政治標準放在第一位，藝術標準放在第二位」。經過這次文藝整風，延安地區的文藝界有了統一

思想，集中描寫人民生活鬥爭、主角為工農兵的作品開始大量出現，其中以丁玲、趙樹理、孫犁、馬烽等人為代表。但延安文藝整風運動並未擺脫「左」的教條主義影響，對以後的文學發展形成新的束縛。

至於上海「孤島」文學，是指 1937 年 11 月日軍占領上海的華界，英、法等外國租界被淪陷區包圍，直到 1941 年 12 月「珍珠港事件」爆發，日軍進入租界為止，共四年一個月的時間，留在上海的愛國作家及文化工作者，利用外國租界的特殊環境，繼續各種公開的、隱密的抗日文學活動。文學史上稱這一時期為「孤島文學」時期。司馬長風在《中國新文學史》中說：「那些作家也明知道，上海難以固守，終必淪陷，但他們在孤島上已用自己的筆，點燃了戰時文學的火把。」「在孤島的上海，那裡有特殊的政治環境，給那裡的文藝戰士們以特殊的任務：和漢奸們肉搏，在敵偽的壓制恫喝下奮鬥。」（田仲濟語）在「孤島」錯綜複雜的政治情勢下，二十卷本《魯迅全集》和鄭振鐸編的《中國版畫史》的出版，都可說是抗戰期間文藝界的大事。活躍於當時上海文壇的作家有張愛玲、錢鍾書、巴人（王任叔）、柯靈、穆時英、劉吶鷗、趙景深、夏丏尊等。其中在小說部分，以錢鍾書諷刺殖民地都會生活和知識分子虛偽的《圍城》，以及張愛玲刻畫四〇年代上海生活面貌的《金鎖記》、以香港淪陷為背景的〈傾城之戀〉等，較具代表性。

錢鍾書、張愛玲的作品風格，在後面有專節介紹。在此再介紹幾位在第三個十年中有影響力的作家與作品。當時「國統區」的小說創作中，「七月派」小說頗受重視。「七月派」得名於胡風在抗戰初期創辦的《七月》雜誌。胡風受魯迅影響很深，是七月派的主要理論家和提倡者，強調客觀生活現實應與作家主觀精神結合，作家須用堅實的愛憎真切地反映生活現實。胡風的「新現實主義」使七月派形成強調「主觀戰

鬥精神」的特色。屬於這一流派的小說作家有丘東平、路翎等，其中最重要的是路翎。路翎原名徐嗣興，生於 1923 年，江蘇南京人，在四〇年代即是頗負盛名的多產作家，1942 年寫的中篇《飢餓的郭素娥》是他的成名作，1945 年寫的《財主的兒女們》則是一部多達八十萬字的長篇巨著，分上下兩部，以抗戰前後的中國社會為背景，以蘇州巨富蔣捷三家分崩離析的過程為主線，反映出當時社會黑暗、民不聊生的社會現實，也寫出蔣家兒女們爭奪家產的瘋狂行徑，對幾位人物陷入封建因襲與個性解放的掙扎悲劇，也有不錯的勾勒，被稱為「史詩性的作品」，但司馬長風則指出「該書情節有模仿托爾斯泰《戰爭與和平》之嫌」。

　　被譽為「成功地實現了毛澤東的文藝創作原則」的趙樹理，是延安文藝座談會後，延安地區最早出現的一批「大眾化」作家中較傑出的一位。他於四〇年代，連續以短篇〈小二黑結婚〉、中篇《李有才板話》、長篇《李家莊的變遷》，轟動中國文壇。茅盾稱讚他的小說是「走向民族形式的里程碑」。趙樹理熟悉農村，了解農民，在他的小說中反映了許多真實可信的農村現象，也塑造了具時代特徵的農民形象。他曾說：「我每逢寫作的時候，絕不會忘記我的作品是寫給農村的讀者讀的。」在塑造人物技巧上，他主張白描，為的是「叫農民看得懂」。他最具特色的是語言，趙樹理的小說語言通俗曉暢，質樸明快，幽默風趣，是真正的群眾語言，司馬長風就針對這一點說，趙樹理的作品雖然「在內容上受政治操縱」，「但是所用的語言，可誦又可聽，表現了獨創，開啟了先例。」〈小二黑結婚〉描寫青年農民小二黑和小芹自由戀愛，卻受到舊勢力的阻撓，但在幾番爭取之後，終於幸福結婚的故事。內容既批判了傳統婚姻制度，也刻畫了小二黑、小芹這兩個所謂「新社會」的農村新青年。趙樹理因這一系列作品，而有「農民作家」之稱。

　　蟄居上海孤島的小說家徐訏，寫了《吉布賽的誘惑》、《舊神》等暢銷小說。他發表於 1937 年的《鬼戀》，據蘇雪林說：「抗戰期間《鬼戀》在後方及上海，都大為風行」。但他這一時期最重要的代表作是五十萬字長篇《風蕭蕭》。小說以孤島為背景，成功刻畫了三位不同性格的女性：一是重慶政府潛伏上海的女間諜白蘋，一是盟軍美國在上海的間諜梅瀛子，另一個則是純情、富音樂天分的美國少女海倫。這三位女性和一位來上海寫作、研究哲學的青年之間，產生微妙而多線的感情交往，配合上海特殊的政治氣氛與情報戰爭，生動呈現了四〇年代上海孤島時期國共兩黨及日本、美國間複雜互動的特殊關係。

　　從 1917 至 1949 年，這三十年間的文壇動態與文學風貌，雖不是這篇短文可以完全概括的，但應該已經勾勒出文學史脈絡之大要。大致來看，第一個十年是文學由舊變新的轉變及誕生階段，充滿革新精神，也湧現不少日後成為文壇大家、勇於實驗的優秀寫手；第二個十年則是變化最多、作品及作家都堪稱具代表性的豐收階段，一些經典佳構至今仍為人傳頌，經過文學革命的奠基過程，這一時期大放異彩，成就不凡；第三個十年因為連年征戰，全國陷入前所未有的大動盪與大破壞，文學園地相對凋零荒蕪，可以傳世之作也相對減少，非常可惜。整體來說，這三十年的小說表現還是可圈可點的。陳平原的一段話可以對此做個總結，他說：

　　　在二十世紀中國文學的歷史進程中，小說是步伐最穩健、成就
　　　最大的藝術形式。在短短幾十年的時間內，中國小說迅速完成
　　　了從古代小說向現代小說的嬗變，並為世界文壇貢獻了魯迅、
　　　老舍、茅盾、巴金、沈從文等小說大家以及一大批藝術珍品。

∽ 第二節　臺灣當代小說發展歷史概述 ∽
（1949～1999）

　　1949 年是現代小說發展上的一個轉折點。海峽兩岸在政治、經濟、文化上的長期分裂，造成文學分道揚鑣、各自發展的迥異局面。隔海對峙的兩個政治實體，孕育出兩個「本是同根生」，卻又花色氣味殊異的文學果實。1949 年，中共在大陸上建立新政權，一連串的政治運動，使大陸文壇沈寂多年，政治領導文藝的態勢，使作家命運多舛，直到八〇年代後才恢復文學生機，而有「新時期」文學的一鳴驚人。有關大陸當代小說思潮與作家作品的發展概況將在下一節中介紹，本節將把焦點置於 1949 年後的臺灣小說發展概況。為說明之便，按時間順序分成五個階段：反共／懷鄉的五〇年代；存在／虛無的六〇年代；鄉土／人性的七〇年代；挑戰／解放的八〇年代與另類／多元的九〇年代。這種竹節式、鳥瞰式的歷史介紹，不免流於機械化、簡單化，而不能突顯歷時性的文學思潮發展的複雜性與關聯性，但卻有其說明上的便利，可以得到一個基礎上的認識，若要進一步對臺灣文學史（特別是小說史）有更深刻、全面的掌握，可以閱讀相關專書，在此只能以有限的篇幅作簡要的介紹。

一、五〇年代：反共／懷鄉與戰鬥文藝

標榜反共，鼓吹戰鬥的文學是五〇年代臺灣文壇的主流。為配合政府「反共抗俄」、「反攻復國」的基本國策，多種倡導反共戰鬥文藝的團體相繼成立，其中以 1950 年 5 月成立的「中國文藝協會」（簡稱「文協」）最具影響力，幾乎網羅當時臺灣較有名望的文藝工作者，是這一階段最活躍的官方文藝團體，以「促進三民主義文化建設，完成反共抗俄復國建國任務為宗旨」。它舉辦各種文藝研習班，倡導推展軍中文藝運動，1955 年正式提出「戰鬥文藝」口號，再加上其他如「中國青年寫作協會」、「中國婦女寫作協會」等，官方可以說全面掌控了當時的文藝活動。1950 年，國防部總政治部創辦《軍中文摘》，後改為《軍中文藝》，作為發展軍中文藝的據點，接著又有軍中電臺設立、《青年戰士報》創刊等，逐步掀起國軍文藝運動的熱潮。在官方與軍方兩相結合之下，反共戰鬥文藝一時盛行。

軍中作家活躍，是五〇年代文壇一個特殊現象。包括了朱西寧、司馬中原、段彩華、田原、姜穆、舒暢、張放、楊念慈等，都有一些作品表現反共的主題。為了鼓舞民心士氣，描寫抗戰題材的小說也頗為流行，著名的有王藍《藍與黑》、鹿橋《未央歌》、紀剛《滾滾遼河》等。當時有些反共文學作品，因為思想內容的概念化，藝術表現的公式化，而被稱為「反共八股」，而且這類作品的確不少，但都禁不起時間及文學的考驗而銷聲匿跡。不過，有些作品還是傑出且具代表性的，如陳紀瀅的《荻村傳》、潘人木的《漣漪表妹》、司馬中原的《荒原》、姜貴的《旋風》、《重陽》等，不容一筆抹殺。

　　姜貴的《旋風》與張愛玲的《秧歌》是這一階段反共小說中，不論內容主題或藝術表現都很突出的作品。《旋風》描寫共黨在山東的農村成長的歷程，控訴了共黨禍國殃民的罪行，被認為是「一部研究共產主義的書」。胡適肯定其為反共八股中僅有的佳作。由於內容描寫情治工作的複雜鬥爭，國共兩面都不討好，因此，雖是反共小說，但在臺灣卻長期被禁。姜貴 1908 年生於山東，1980 年死於臺灣，創作以小說為主。張愛玲在中共攻陷上海後，還停留了一段時間，親眼看到「土改」在農村實施的實況，她於 1954 年寫的《秧歌》，即以土改後的江南農村中「勞動模範」譚金根一家為主要描寫對象，寫出其充滿飢餓、貧苦的恐怖氣氛，與她的《赤地之戀》同為反共小說之作。

　　五〇年代的臺灣文壇，幾乎都由大陸作家掌控，因為本省籍作家面臨由日文寫作轉為中文的語言障礙，再加上二二八事件以來充斥的白色恐怖環境，本省籍作家多半沈寂噤聲，例如龍瑛宗沈潛於金融界；黃得時任臺大教授，走進學術界；吳濁流的小說作品無處發表，只好藏在書櫃中等。來臺的第一代大陸作家包辦了作者、讀者與評論者三種角色，報刊出版等媒體也被大陸籍作家包辦。由於這些大陸來臺作家的根都在大陸，作品不免充滿濃厚鄉愁，不過，這類作品以散文居多，小說部分可以林海音的《城南舊事》為代表。

　　五〇年代的省籍作家中，被稱為「兩鍾」的鍾肇政與鍾理和最具代表性，其中居關鍵地位的是鍾肇政。他自費以油印方式編印的十六期《文友通訊》，報導了當時的本土作家陳火泉、鍾理和、施翠峰等約十人的文學動態，極富歷史價值。鍾肇政的文學活動持續至今，容後介紹。在此要談的是鍾理和。他是高雄美濃客家人，因與鍾台妹的「同姓之婚」不被允許而隻身遠赴瀋陽，1940 年不顧一切與鍾台妹結婚。1945

年在北京出版中短篇小說集《夾竹桃》，這是他生前出版唯一的書。1946 年返臺後，罹患肺病，仍寫作不輟。1955 年完成長篇《笠山農場》，次年獲「中華文藝獎金委員會」（簡稱「文獎會」）長篇小說第二名獎，但始終未出版。1960 年 8 月，他在病床上修改中篇《雨》，咯血而死，得年四十五歲。《笠山農場》於 1961 年在林海音主編的《聯合報》副刊連載，而他已逝世半年了。鍾理和一生完成一部長篇、七個中篇、四十一篇短篇，後有《鍾理和全集》出版。

總結五○年代的臺灣文壇，反共戰鬥文藝幾乎占了文學發展的空間，然而，除了少數傑出作品外，大部分是公式化的反共八股，正如彭瑞金《臺灣新文學運動四十年》中所言：「黃金般的臺灣文學十年歲月被埋葬了」。

二、六○年代：存在／虛無與現代主義

六○年代是現代主義文學占主流地位的時代。1960 年創刊的《現代文學》，正標誌著臺灣現代主義文學的崛起。當然，在這之前由夏濟安於 1956 年創辦的《文學雜誌》，以及成立於五○年代的「三大詩社」：現代詩社、藍星詩社、創世紀詩社，對西方現代主義的引進與提倡，也有重要的影響。《現代文學》是由當時就讀於臺大外文系的白先勇、王文興、陳若曦、歐陽子、李歐梵等人創辦，1973 年停刊，培養了不少年輕作家如黃春明、七等生、施叔青、李昂、林懷民等。他們提倡「橫的移植」來代替「縱的繼承」，把西方存在主義、意識流、超現實主義等前衛的文學意識型態和寫作技巧，透過刊物引進國內，一時風行。

在《現代文學‧發刊詞》中，他們表示辦刊物的目的是「打算有系

統地翻譯介紹西方近代藝術學派潮流、批評和思想」，「試驗、摸索和創造新的藝術形式和風格」。探討這批年輕人「向西方取經」的心理，以及嚴重西化的傾向，主要是因為大陸三、四〇年代的作品被禁，無法找到可以模仿的對象，而又無法與這塊土地結合，只好轉而大量吸收歐美現代文學潮流。他們正是於梨華說的「沒有根的一代」。就在這種與大陸文學、日據時代臺灣新文學的文化傳統的「雙重隔絕」下，使他們陷入「真空狀態」（葉石濤語），而不得不走向全盤西化的現代前衛文學傾向，白先勇就曾指出，他們這些來臺第二代作家都有一種「無根與放逐」的共同意識。

　　無根是虛無的，探尋人存在的意義便成為當時流行的時髦話題，存在主義因此風靡了整個六〇年代。存在主義是西方現代派文學的一種，強調自我的追尋和認識，把在現實社會中行不通的「個人自由」強調到絕對化的程度，以致最後往往墜入悲觀主義的深淵。卡謬的小說《瘟疫》即是這一思潮的代表。王尚義的小說〈野鴿子的黃昏〉，即因充滿這一思潮的傾向，而在六〇年代臺灣文壇受到重視。這篇小說描寫一個大學生因胃病到姑母鄉間別墅養病，認識了表妹，兩人有了愛意，但姑母反對來往，後來表妹考上大學，不久被安排到國外一年，回國時竟已懷孕，且準備結婚，男主人公去參加婚禮，只覺落寞與悲哀。小說的悲觀色彩濃厚，但王尚義抒情的文筆及不時流露的生命哲思，使這篇小說成為他短暫一生的代表作。生於 1936 年的王尚義，二十七歲時臺大醫學院畢業，卻因肝癌不久病逝，他想學史懷哲到非洲行醫的理想落空，但他悲劇的一生及留下的作品卻令人懷念。

　　除了無根，文壇上還充斥著放逐、漂泊的思想。六〇年代的臺灣有崇洋媚外的集體心理，留學成為一種熱潮，反映留學生生活的作品大為

流行，陳若曦、叢甦、張系國、白先勇、聶華苓、於梨華等人都寫了不少這類作品，於梨華是其中成就較突出的一位，被譽為「留學生文學的鼻祖」，《又見棕櫚，又見棕櫚》是其代表作。她在美國四十年，又是留學生，最熟悉的人物、題材正是包括自己在內的一代失落無根的留學生、旅美華人，因此寫來格外細膩感人。這部長篇以赴美留學的牟天磊為中心，為了實現像棕櫚樹的「主幹一樣，挺直無畏地出人頭地」的願望，在美歷盡艱辛，失去在臺女友，辛苦打工掙錢，受到冷落與歧視，加上鄉愁的啃噬，使他在終於得到博士學位的一刻，痛哭失聲。後來，找到足以維持生活的工作，卻覺得自己總是被歧視。十年後，心境蒼老的他想回臺灣，但他發現臺灣人都嚮往美國，使他感到「我在這裡也沒有根」。小說結尾，他看到當年的棕櫚樹依然挺直伸向天空，它的根牢牢扎在地上，而他呢？依然漂泊在天涯。在留學生小說中，這篇作品甚具代表性。

　　和當時文壇現代主義風行、全盤西化論喧天價響、漂泊無根成為一時話題的主流形勢相比，本土作家與意識顯得孤單許多。不過，六〇年代還有不少重要刊物創辦，如《臺灣文藝》、《笠詩刊》、《筆匯》、《文學季刊》等。就文學藝術的表現而言，這一時期說得上是花團錦簇，不盡然只是「蒼白」而已。鍾肇政 1960 年寫完第一部長篇《魯冰花》，開啟了他個人此後二十幾部長篇創作的先河。六〇年代的《濁流三部曲》，七〇年代的《臺灣人三部曲》，八〇年代的《高山組曲》等，都是格局宏大之作。1925 年生於龍潭的鍾肇政，是省籍戰後第一代作家，他的小說都扎根於客家農民的生活，表現出客家人堅毅的生活習慣和理想。《濁流三部曲》有自傳性質，透過主人公陸志龍幾十年的生活經歷和內心感受，對光復前後的社會生活有生動的描繪。書分三部：

《濁流》寫在大溪當小學老師的見聞；《江山萬里》寫在日本軍營當學徒兵的生活，充滿對侵略者的仇恨；《流雲》寫臺灣光復初期回鄉學習祖國文化和戀愛的經歷。鍾肇政的人格特質，對臺灣文壇的傑出貢獻，以及豐富優秀的小說作品，令人敬佩。他不僅是客籍大老作家，也是臺灣文學的瑰寶。

■ 三、七〇年代：鄉土／人性與寫實主義

　　七〇年代，一直處於受壓制狀態的鄉土文學開始崛起。這一方面歸因於釣魚台事件、退出聯合國等外交上一連串的挫敗，使臺灣社會開始文化反思運動，加上國內「黨外」勢力興起，對政治形成巨大衝擊，人的覺醒與本土意識的高揚隨著臺灣前途的思考而來，在尋根風潮下，重返寫實、回歸鄉土便成為大勢所趨。尤其是六〇年代過度西化的弊病，現代主義的氾濫，促使作家們開始反省，鄉土文學於焉而起。

　　其實，早在六〇年代時本省籍作家就已大力提倡鄉土文學，如1964年由吳濁流創辦的《臺灣文藝》雜誌，就主張扎根於臺灣本土的歷史、文化和社會風貌；由王拓、陳映真、尉天驄、黃春明等人於1966年創辦的《文學季刊》，也是堅持鄉土文學路線，為七〇年代本土熱潮的興起開啟了先路。不過，可惜的是，進入七〇年代後，《文學季刊》、《純文學》、《現代文學》等刊物相繼停刊，但《大學雜誌》、《中外文學》、《書評書目》等刊物，及《龍族》、《草根》、《大地》等多份本土詩刊應運而生，對鄉土文學的推動產生一定的作用。

　　鄉土文學的興起，與兩次文學論爭有關。一次是1973年爆發的現代詩論戰，由唐文標撰文引發的現代派與鄉土派的激烈論爭，史稱「唐

文標事件」。許多報刊、雜誌都捲入，「回歸鄉土」的呼聲在這次論爭後日益高漲。彭瑞金說：「這場論爭，並未完全應和絕大部分本土作家的創作使命，卻也可以聲律和諧地唱出鄉土組曲。」等到 1977 至 1978 年的「鄉土文學論戰」時，現代派與鄉土派又進行了一次規模更大、人數更多、也更為激烈的決戰，而且，這場論戰主要是發生在小說領域。首先由彭歌發難，他的文章〈不談人性，何有文學〉，點名批判了王拓、陳映真、尉天驄。接著，余光中發表〈狼來了〉一文，指出：「北京未有三民主義文學，臺北街頭卻可見工農兵文藝，臺灣的文化界真夠大方。」同時，尹雪曼、趙滋藩、朱西寧等人也輪番對鄉土文學展開圍剿，鄉土派作家也展開反擊，王拓、尉天驄、陳映真、陳鼓應等人紛紛為文批駁，你來我往，臺灣文壇一時流彈四射，硝煙四起，戰況之激烈迫使當時的王昇將軍在「國軍文藝大會」上發表長達一個小時的演講，對雙方加以安撫：

> 純正的鄉土文學沒有什麼不對。我們基本上應該團結鄉土。愛鄉土是人類自然的情感，鄉土之愛擴大了就是國家之愛、民族之愛。這是高貴的感情，不應該反對的。

不管他對「鄉土文學」的定義如何，這場白熱化的論戰自此開始逐漸冷卻下來。但經過這場論爭，鄉土文學自身的理論建設獲得充實，受壓抑的鄉土作家從此揚眉吐氣，寫實主義一舉取代了過度西化的現代主義，則是不爭的事實。顯然的，最後鄉土派是占了上風。彭瑞金認為，經過這場論戰，「更證明鄉土寫作的方向是正確的，給予本土作家經由迷惘中摸索而萌芽再生的本土意識文學極大的鼓勵，而帶來真正盛大的鄉土

文學寫作風潮。」證諸當時大量出現的一些優秀小說作品，彭瑞金所言並不虛。

　　七〇年代活躍的鄉土文學作家與作品，主要有寫《兒子的大玩偶》、《我愛瑪麗》、《莎喲哪拉‧再見》的黃春明，寫《將軍族》、《唐倩的喜劇》的陳映真，寫《金水嬸》、《望君早歸》等的王拓，寫《嫁妝一牛車》的王禎和，寫《在室男》、《工廠人》的楊青矗，寫《黑面慶仔》的洪醒夫，寫《變遷的牛眺灣》的宋澤萊，寫《寒夜三部曲》的李喬，寫《彩鳳的心願》的曾心儀等；還有一批更年輕的作家如古蒙仁、小赫、小野、吳念真、林雙不等，也開始嶄露頭角。他們共同聚匯成一個鄉土文學大潮流，將鄉土文學，特別是鄉土小說推到了臺灣文壇的主流地位。

■ 四、八〇年代：挑戰／解放與本土意識

　　進入八〇年代，曾經一度具圖騰作用的「鄉土文學」漸被揚棄，取而代之的是立足臺灣的「本土文學」。它不同於「鄉土文學」可以指任何鄉土（當然包括大陸各省），而是直指臺灣一地。但受制於政治現實，要到 1987 年解除戒嚴後，「臺灣文學」才取代模糊的「本土文學」，以如日中天之勢，橫掃文壇學界。臺灣文學的研究在九〇年代成為顯學，大學院校成立臺灣文學系所的呼聲大振且已成真。「臺灣文學」的定位與落實，雖在八〇年代中期以後才塵埃落定，但八〇年代初期透過政治上的不斷挑戰，以及本土意識的深耕廣植，為「臺灣文學」的正名奠定了良好的基礎。雖然，臺灣情與中國結的糾葛不易理清，但過去輕忽臺灣文學的不當現象在八〇年代確實已有所扭轉。

　　八〇年代的臺灣，已經是高度現代消費社會，資訊發達，經濟繁榮，政治上各種勢力與主張呈多元化發展，文學界也充分享受著眾聲喧嘩所帶來的廣闊空間與實驗場域。文學刊物雖各有立場，但相互尊重的包容取代了涇渭分明的責難。八〇年代初期，原有的純文學刊物《臺灣文藝》、《笠詩刊》、《中外文學》，加上相繼創刊的《文學界》、《文季》、《文訊》、《聯合文學》等，使文藝園地擴大不少，直接促進了小說的發展。言論自由與政治氣氛的寬鬆，使作家勇於開發過去較少涉及的小說領域，如政治小說等。大陸學者王宗法指出，進入八〇年代以後，「幾十年來那種脈絡分明的階段性『主潮更迭』，已經讓位於同樣分明的『多元發展』，不再有哪一種文學高高雄踞於文壇之勢了。」（〈論八〇年代臺灣文學的走向〉）文壇不再是主流掛帥，而是多流派、多風格、多題材的多元化格局。這種傾向，在九〇年代有更淋漓盡致的表現。

　　八〇年代的小說界，延續鄉土文學傳統的作家如鍾肇政、李喬、鄭清文、陳映真、王拓、王禎和、楊青矗、宋澤萊、七等生、林雙不、吳錦發等，依然活躍於文壇。他們有不少作品是以政治現象為題材，直接間接地反映了臺灣的政治問題與事件，如王拓〈牛肚港的故事〉、楊青矗〈選舉名冊〉、林雙不〈筍農林金樹〉、〈黃素小編年〉、李喬〈小說〉、〈告密者〉、鄭清文〈三腳馬〉等，多以自身經驗為題材，揭露政治黑暗下受迫害的悲情與憤怒。陳映真的政治小說影響較大，他的〈鈴璫花〉、〈山路〉，刻畫白色恐怖下的五〇年代，為時代苦難留下生動見證。

　　新世代小說家的大量崛起，是八〇年代值得書寫的文學現象之一。他們和前世代的小說家最大的不同，除了沒有政治受難的切身之痛外，

企圖超越政治立場統獨之爭，擺脫寫實和現代主義之爭，追求新穎的小說藝術，是新世代小說家鮮明的創作心態。這批作家有黃凡、張大春、平路、林燿德、王幼華、楊照、張啟疆等。即使同樣處理政治素材，他們也有獨特的意識觀點與藝術表現，如黃凡的政治小說〈賴索〉，寫臺獨組織的興衰、被政治遺棄的悲劇小人物，運用魔幻寫實手法，別具張力；張大春寫《大說謊家》，以嫻熟的小說技巧批判現實政治的虛妄；林燿德以《1947・高砂百合》重新詮釋臺灣歷史等。玩弄小說技巧，批判政治卻又刻意超越政治，是這批小說新銳的共同特色。

　　挑戰父權，解放女性，也是八〇年代伴隨著婦女解放運動而投射於小說創作上的一個主題。與傳統女性文學不同的是，這類作品雖仍以婚姻、愛情為素材，但只是以此為切入點，主要是探討社會複雜現象下現代女性的處境，具有強烈的女性成長與覺醒意識。如李昂的《殺夫》、《暗夜》，蕭麗紅的《千江有水千江月》、《桂花巷》，廖輝英《油麻菜籽》、《不歸路》，袁瓊瓊《自己的天空》，朱秀娟《女強人》，蘇偉貞《陪他一段》，蕭颯《如夢令》等，有的控訴父權社會對女性的壓迫，有的大膽觸及情慾題材，有的塑造女強人模式，有的顛覆傳統對女性的定位等。女性文學的領域，在八〇年代大大拓展。

　　從政治層面開始解凍，文化上接著破繭，小說在八〇年代也迎來了一個解放的春天。

▌五、九〇年代：另類／多元與後現代現象

　　九〇年代的臺灣文學，基本上延續著八〇年代開啟的多元格局。在小說藝術的追求上，後現代主義則成為一時風尚的文學潮流。1987 年的

解嚴，其實是臺灣從威權走向多元的最大關鍵點。解嚴之後的小說發展特色，周芬伶歸納出五點：開放大陸作品；報紙增張，文學副刊萎縮；出版品商業化，文學市場凋零；文學分眾的時代來臨；電腦網路開拓新的寫作空間。她也指出解嚴前後在文學上最大的區別在於：文化英雄讓位給暢銷作家，嚴肅文學讓位給通俗作品，主流文學讓位給另類文學，現代主義讓位給後現代主義。這些歸納可以大致說明九〇年代小說發展的環境與形勢。

　　「後現代主義」的理論與觀念，早於八〇年代即已從國外引進。它對應著臺灣由工業文明邁向後工業文明社會過渡的型態，而開始在臺灣文壇蔚為流行。其主要特徵，在內容題材上，以對後工業文明狀況的描繪、反映與省思為主；在藝術手法上，講求斷裂、拼貼等。後現代思潮的流行，可以視為是對過去一元論的反叛，企圖以另類、開放、顛覆來瓦解臺灣文壇長期以來形成的文化霸權。這些後現代思潮包括了女性主義、性別論述、後殖民論述、後結構主義、弱勢社群論述等。在各種繁複的文學表現中，後設小說與情色小說較引人矚目，不少新一代小說家趨之若鶩。

　　後設小說是以小說探討小說的小說，又稱為「反小說」、「自我衍生小說」、「寓言式小說」等。作家直接介入來干預讀者的閱讀行為，同時又可讓讀者介入，它瓦解寫實的神話，同時強調語言文字不能完全呈現真相，卻又可以以假亂真。換言之，它重新反省小說的虛構性及讀者反應，揭示了小說敘述的不確定性和語言的局限，充滿了遊戲精神。對此一小說技巧有較出色作品表現的有黃凡的〈如何測量水溝的寬度〉、平路的《五印封緘》、蔡源煌的〈錯誤〉、張大春的〈自莽林躍出〉、〈寫作百無聊賴的方法〉等。後現代主義在臺灣的流行，可以從

廖咸浩主編的《八十四年短篇小說選》中，全部作品都有後現代色彩可以看出。

　　以描寫兩性情慾、性別認同、多元情慾、男女同性戀等為素材的「情色小說」、「情慾小說」，也是九〇年代臺灣小說界突出的一項特色。它反映了女性的覺醒意識與性解放的觀念，或是性心理的自我剖析，或是身體的探索，或是性與政治的糾纏，或是同性、反性別的情慾。情色橫流，倒也蔚為世紀末小說大觀。較出色的作品有李昂描寫性與政治的《北港香爐人人插》、朱天文描寫男同性戀的《荒人手記》、邱妙津寫女同性戀的《蒙馬特遺書》、陳雪遊走於同性、雙性、亂倫等情慾大觀園的《惡女書》、《夢遊》等，還有蘇偉貞、洪凌、朱天心、紀大偉等人的作品，都有這類不俗的表現。

　　走過臺灣小說五十年，我們看到了一個多元化、多樣性的文學演變軌跡。每一個歷史階段都為臺灣小說的茁長豐實做出了貢獻。面對新的世紀，臺灣小說又將會有怎樣不同的新面貌呢？我們拭目以待。

∽ 第三節　大陸當代小說發展歷史概述 ∽
（1949～1999）

　　1949 年中華人民共和國建立之後，兩岸長期處於敵對隔絕狀態，這就造成了兩岸在文學創作觀念、思潮演變上各自發展、風貌迥異的歷史現實。當然，也不全然殊異，例如在受西方現代（後現代）主義思潮的影響、對傳統文化及鄉土素材的反思與挖掘、文學與政治交纏不清的功

利現實等方面，在不同時程階段都是兩岸文學共同走過的道路，但在政治、社會、經濟、文化等不同的時代背景下，即使這些相似的道路也還是有著各自的特色與得失。隨著政治上由敵對隔絕到溝通交流，兩岸在文學作品的出版交流上已經十分熱絡，八○年代起，兩岸都曾經興起過一段時期的文學交流熱，這些熱度今天看來雖然已稍微降溫，但無論如何，面對同為華文創作且在政治經濟等各方面都有緊密關係的大陸當代文學，視而不見或冷漠以對都不是正確的態度，因此本節將針對大陸當代小說發展的概況作一簡要式的介紹。為說明方便起見，本文仍採用多數文學史書籍以政治事件發展為基準的歷史分期，將大陸當代小說分成建國後十七年時期、文革時期、新時期及後新時期四個階段，以下分述之。

■ 一、建國後十七年時期

這個階段自 1949 年至 1966 年文化大革命開始止，一般稱為「建國後十七年」。在小說創作上呈現的是現實主義一元化的傾向，文藝為工農兵服務是此一時期最重要的方向，這主要是繼承了三○年代左翼革命現實主義的寫作傳統，以及 1942 年毛澤東在延安文藝座談會上講話的精神，其中以反映國共革命鬥爭歷史、社會主義革命和建設的作品為主流，而非一般反映現實生活的題材內容，這就使得十七年間的小說創作在寫作題材與手法上呈現出了以革命現實主義、社會主義現實主義為主導的單一思潮。這個階段又可以 1957 年的反右擴大化運動為界限分成前後兩期，前期在摸索中還有著較多樣化的嘗試，後期則在文藝批判的陰影下，現實主義精神大大減弱，簡單化、概念化、公式化的缺失日漸嚴

重。

　　五○年代的作家隊伍主要有三類：一是以巴金、茅盾為代表的老作家，其現實主義主要是按照生活的本來面目來描寫；二是以胡風、路翎為代表、強調「主觀戰鬥精神」的現實主義；三是以來自延安地區作家如趙樹理、杜鵬程等為代表的歌頌「新的人物，新的世界」的現實主義。前兩類的寫作方向很快就受到了批判與否定，第三類以歌頌為主的現實主義則得到了進一部的發展。在這種一元獨大的現實主義風潮下，作品不免淪為政治工作的宣傳品，存在嚴重的公式化、教條化傾向，質量普遍不高，但也有一些不錯的作品，如反映國共鬥爭歷史題材的革命軍事小說有些頗具時代特色，如五○年代前期的《火光在前》（劉白羽）、《平原烈火》（徐光耀）、《銅牆鐵壁》（柳青）、《三千里江山》（楊朔）、《我們的力量是無敵的》（碧野）等，其中以1954年出版的《保衛延安》（杜鵬程）最具代表性。五○年代中期以後，這類作品在質量上有較大的提高，代表性作品有《林海雪原》（曲波）、《紅日》（吳強）、《青春之歌》（楊沫）、《紅岩》（羅廣斌、楊益言）、《三家巷》（歐陽山）、《戰鬥的青春》（雪克）等，其中以《紅旗譜》（梁斌）較為突出，在當時佳評如潮，影響很大，被譽為「一部描繪農民革命鬥爭的壯麗史詩」。

　　除了反映革命歷史題材的作品之外，另一類數量較多的作品是以描寫社會主義建設「新生活」為主要內容，在為數眾多的作品中不乏出色之作，其中又以反映農業及工業建設的作品較受矚目。以農村生活與建設為題材者，五○年代前期最具代表性的是趙樹理的《三里灣》，這是第一部描寫農業合作化運動的長篇小說，語言幽默明朗，刻畫農村生活與農民形象栩栩如生，但對矛盾衝突與獲勝過程的描寫不免失之簡單；

中期以後則有周立波的長篇《山鄉巨變》，展現出「鄉土風俗畫」式的審美追求，柳青的《創業史》所表現出的史詩性氣勢，可視為這個時期小說創作重大成就之一。此外還有孫犁的《鐵木前傳》、胡正的《汾水長流》等也都是這類題材之力作。至於以工業建設為內容的中長篇小說也有不錯的成績，如杜鵬程《在和平的日子裡》、羅丹《風雨的黎明》、周而復《上海的早晨》等，其中以《上海的早晨》較受推崇，被稱為「建國以後第一部也是唯一一部寫工商資本家社會主義改造」的作品，且以題材規模之宏偉被視為茅盾《子夜》後的又一巨構。

本時期短篇小說方面的成績不遜於中長篇小說，湧現了不少傑出的作家與優秀的篇章。寫農村生活的有趙樹理的〈鍛鍊鍛鍊〉，對農村集體合作化產生的弊端有一針見血的形容，還有西戎的〈賴大嫂〉、駱賓基的〈山區收購站〉、李准的〈李雙雙小傳〉、艾蕪的〈野牛寨〉、茹志鵑的〈靜靜的產院〉等；寫工業建設的有艾蕪的〈採油樹下〉、杜鵬程的〈工地之夜〉、〈夜走靈官峽〉、胡萬春的〈誰是奇蹟的創造者〉等；寫革命鬥爭的有劉真的〈長長的流水〉、茹志鵑的〈百合花〉等，發表於1958年的〈百合花〉，寫一個普通戰士為革命犧牲的故事，透過一位剛結婚的農村少婦，寫出了解放軍與農民之間真誠相待的素樸情感，發表後深受茅盾讚賞。此外還有寫軍隊生活、少數民族生活的作品。可以說，短篇小說為這一時期的單調蒼白增添了幾許亮色。

不論是中長篇還是短篇，也不論是農村題材還是革命鬥爭題材，這十七年的小說雖有一定的收穫，但整體而言成績只能算是差強人意，最主要的癥結仍在於擺脫不了的政治干預。舉例來說，1956年5月，毛澤東提出「百花齊放，百家爭鳴」的「雙百」方針，一批作家受到鼓舞後提出「干預生活」的口號，主張除了以歌頌為主的現實主義之外，也應

該提倡按照生活本來面目描寫的現實主義，於是風格題材多樣化了，文藝界呈現出一派繁榮景象，出現了一批敢於直面生活矛盾現實、抒發真情的作品，如王蒙〈組織部新來的青年人〉、李國文〈改選〉、李准〈灰色的帆篷〉、宗璞〈紅豆〉、耿簡〈爬在旗竿上的人〉、鄧友梅〈在懸崖上〉、陸文夫〈小巷深處〉、李威倫〈愛情〉等，但很快的，意識型態的教條主義就對這些年輕作家展開不留情的批判，甚至不少被劃為「右派分子」，使得一度復甦的傳統現實主義精神受到摧殘。接著，1958 年的「大躍進」，「兩結合」創作方法的提出等一連串的政治運動和批判鬥爭，導致了文學生機的窒息，文學世界的狹窄片面，造成只准寫無產階級英雄的人物形象單一化、類型化的缺失，作品也有越來越明顯的公式化傾向、說教色彩，敘述方式、語言、角度越來越一致，從五〇年代末開始，小說創作的榮景便日漸消退，偏差的現實主義一統文壇，使十七年的小說創作成果受到局限而因此不盡如人意。隨著政治運動逐漸高漲，批鬥風潮越演越烈，終於發生了人類史上罕見的、殘酷的「文化大革命」，絕對化的意識型態箝制，使小說發展遭逢了嚴重的挫折，甚至於在中國大地上銷聲匿跡，成了一頁文學上的「空白」。

二、文革時期

　　說文革時期的文學是一片「空白」，並不是一種嚴謹的說法，大陸1993 年出版的《文化大革命中的地下文學》一書便彌補了文革文學史料的欠缺，說明了有些非常態的文學一直半公開或隱密地在民間、地下流傳、存在著。但若以常態文學而論，又不能不承認，1966 年至 1976 年的文革文學確實是中國現代文學史上一個嚴重的斷裂與空白，那是一個

史無前例的非常時代，對文學、社會乃至人心都是一次狂熱與痛苦、迷惘與絕望的巨大衝擊。整整十年，在四人幫極端化思潮的控制下，一部真正藝術上的小說都沒有出現。

　　一般認為，1966 年 5 月中共中央政治局擴大會議和同年 8 月第八屆中共十一中全會的召開，是文化大革命全面發動的起點，但其發動的導火線則必須回溯自 1965 年 11 月 10 日上海《文匯報》發表姚文元《評新編歷史劇〈海瑞罷官〉》一文開始，明史專家吳晗的歷史劇受到批判，可以說揭開了文革的序曲。吳晗之死不過是文革期間成千上萬受冤、假、錯案迫害的一例而已，事實上，文革的風暴不僅是剝奪了幾乎所有作家從事創作的權利，而且使不少作家、藝術家因不堪屈辱而失去生命，這樣的名單是一長串的：老舍、傅雷、以群、麗尼、李廣田、巴人、趙樹理、楊朔、田漢、焦菊隱、鄧拓、田家英、邵荃麟、陳翔鶴、孟超……。這真是一個狂亂的文學時代。在四人幫的文藝政策下，八億人口只能看八個「樣板戲」，此外幾乎一無所有。遵循著四人幫所制定的創作原則，文學只能是宣傳的工具，而不是文學，且看這些被稱為「三」字經的一系列創作公式：「三突出」是指在所有人物中突出正面人物，在正面人物中突出英雄人物，在英雄人物中突出中心人物；「三陪襯」是指以反面人物陪襯正面人物，以正面人物陪襯英雄人物，以英雄人物陪襯主要英雄人物；「三打破」是打破舊行當、舊流派、舊格式；「三出新」是表現出新時代、新生活、新人物；此外還有「三鋪墊」、「三圍繞」、「三對頭」等，令人嘆為觀止，依此原則創作，文學公式化、雷同化、八股化的情形十分嚴重，可以說是走進了死胡同。

　　在這些搖旗吶喊的作品中，所謂「樣板小說」的出現也就很自然了。例如 1972 年在上海出版的長篇小說《虹南作戰史》，就是由聽命於

四人幫的上海市委寫作組集體創作的樣板作品。有人說，文革期間「八億人口只有八個樣板戲和一個作家」，這個作家指的是浩然。浩然在文革期間出版的兩部長篇小說《金光大道》和《西沙兒女》，使他成為文革主流文學的代表作家，這些小說也成了政治權力者認可的樣板作品，至今一提起《金光大道》便會令人想起文革、樣板、四人幫等不愉快的記憶。浩然對文學創作始終堅持「文學為了宣傳」的理念，他將文學作用視為一種工具、武器，從《艷陽天》、《金光大道》到《西沙兒女》，我們看到他的才華一步步陷入「理念至上」的泥淖中無以自拔。

　　如果考量到文革的政治現實，那麼有一些小說與四人幫的理論不完全契合，並且取得一定成就，也就難能可貴了。這些小說大約有十餘部曾產生過較大影響，如姚雪垠的歷史小說《李自成》（第二卷），一般評價較高，認為在思想性與藝術性上有較佳的結合，但對李自成、高夫人、紅娘子的形象塑造太高大、突出，則是明顯受到「三突出」原則的影響。此外，有一批以革命歷史為題材的小說值得一提，如黎汝清的《萬山紅遍》（上下卷）、李心田的《閃閃的紅星》、克非的《春潮急》、郭澄清的《大刀記》、曲波的《山呼海嘯》、孟偉哉的《昨天的戰爭》、李雲德《沸騰的群山》等，雖然不能完全脫離文革意識型態的影響，但尚能堅持一些現實主義的原則，而有一定的成就。至於有些以手抄本形式祕密流傳的「地下小說」，則是文革文學中的特殊現象，如畢汝協的《九級浪》、張揚的《第二次握手》、靳凡的《公開的情書》、佚名的《逃亡》等。

　　從建國後十七年的小說發展到文革時期，整體的文學是在浩劫中一步步向下沈淪。非常態的時代，非常態的文學，大陸學者楊鼎川在其《1967：狂亂的文學時代》一書中曾準確描述了這種文學非常態、極端

化的現象：第一、懷疑一切、否定一切、打倒一切的極端化思潮；第二、文學對政治的絕對效忠和文學本體的澈底喪失；第三、極端的政治文化思潮和極端的文學觀念造就了一整套最極端的文學創作模式；第四、以「大批判」為基調的「棍子式」文藝批評。在這樣的時代，文學已經成為政治的操作行為，政策的宣傳工具，鬥爭的手段，而不再是文學與藝術了。

毛澤東在延安文藝座談會上強調的「政治標準第一」，在他意識型態的操弄下，到了文革已經成了「唯一」。火紅的時代，文學即使不是空白，至少也是蒼白。

■ 三、新時期

「新時期」意味著一個舊時代的結束和一個新階段的起步。所謂「新時期」一般指的是毛澤東死、文革結束後的1977年至1989年。1989年在政治上有天安門事件的發生，而在文學上主要是進入九○年代以後有所謂「後新時期」的說法，因此以1989年為界。至於1977年的時間起點，存在許多不同主張，有的學者認為始自1976年10月「粉碎四人幫」，有的認為從毛澤東死後次年即1977年算起，有的則認為應從1978年12月中共十一屆二中全會鄧小平提出「實踐是檢驗真理的唯一標準」的理論開始算起。不同的說法有其不同的著眼點，但顯然的都與政治社會的發展脫離不了關係。

如果不以「政治的新時期」來看，而是以「文學的新時期」為考量點的話，也存在兩種說法，一是認為文學的真正復甦是始自劉心武發表於1977年第11期的小說〈班主任〉，這是「傷痕文學」的發端之作，

另一說法則認為「傷痕文學」是以盧新華發表於 1978 年 8 月《文匯報》上的短篇〈傷痕〉為標誌。前者如金漢等主編《新編中國當代文學發展史》，後者如陳思和主編《中國當代文學史教程》。唐翼明《大陸「新寫實小說」》回顧中共自 1949 年至 1989 年的四十年歷史，認為可以分成兩時期：毛澤東時期（1949～1976）與鄧小平時期（1977～1989）。毛時期的文學大趨勢是「屈服」，屈服於文學必須為工農兵服務、必須從屬於政治這兩大文藝政策，使文學最終異化為「非文學」；鄧時期的大趨勢則是「反叛」，反叛中共（主要是毛）強加給文學的桎梏，使文學找回自我，由工具回歸本體。唐翼明更進一步指出：「新時期文學的反叛是一個不自覺的、漸進的、非人力可以主控的自然進程。它是在中共實行鄧小平『改革、開放』政策引進資本主義因素之後在文學上必然導致的結果。」從文藝思潮的漸進發展特性來看，1976 年或 1977、1978 年其實不必斷然割裂。本文的敘述採 1977 年的說法，主要是與 1976 年銜接，並且以〈班主任〉的出現為標誌，它是「傷痕文學」的代表作之一，而「傷痕文學」正是揭開「新時期文學」序幕的主要文學思潮。

在文學「怎樣寫」與「寫什麼」的基本要求下，新時期文學占主導地位的還是現實主義。1985 年之前，小說創作發展主要是現實主義的回歸與深化階段，「傷痕文學」的興起就是現實主義抬頭的明顯現象，敢於直面慘淡人生，強調正視生活真相。「傷痕文學」的興盛約在 1977 至 1979 年間，發端之作是劉心武的〈班主任〉，透過兩位表面上一好一壞的中學生形象，揭露出錯誤意識型態（以中共的語言叫「極左路線」）對青少年的思想毒害，特別是「好學生」謝惠敏被洗腦之深簡直令人怵目驚心；盧新華的〈傷痕〉則使「傷痕」一詞深入人心，它毫不留情地撕開了文革帶給人民巨大的痛苦創傷，尤其是人倫親情的扭曲，令人掩

卷嘆息。接著，一系列傷痕之作不斷湧現，如鄭義的〈楓〉、孔捷生的〈在小河那邊〉、竹林的〈生活的路〉、陳國凱的〈代價〉等，一篇篇都是深沈的災難，悲慘的記憶。

繼「傷痕文學」之後出現的是「反思文學」，創作高峰是在 1979 至 1982 年間，它的出現標誌著新時期文學從起初的回歸現實主義階段進一步發展到深化階段。「反思文學」強調要揭示生活的本質，必須穿透生活表象，深入到歷史、文化、現實和人的精神深處去找答案，這類小說有的反思 1958 年大躍進、人民公社運動後農民的命運，如高曉聲的〈李順大造屋〉、茹志鵑的〈剪輯錯了的故事〉、劉真的〈黑旗〉、古華的《芙蓉鎮》等；有的反思 1959 年反右傾運動後知識分子的命運，如張賢亮的〈靈與肉〉、魯彥周的《天雲山傳奇》等；有的反思中共的幹部生活，如李國文的〈月食〉、張弦的〈記憶〉、張一弓的《犯人李銅鐘的故事》、王蒙的《蝴蝶》等。「反思文學」因為挖掘歷史深度與生活廣度的加大，促成了中篇小說的興起，同時也促進了小說表現形式的發展，如時空跳接、意識流、蒙太奇手法等都已被純熟運用在小說創作中。

1978 年中共十一屆三中全會之後，實現「四個現代化」的呼聲掀起了改革的浪潮，「改革文學」應運而生，寫作的高峰是在 1980 至 1983 年間，代表作有蔣子龍的〈喬廠長上任記〉、柯雲路的〈三千萬〉、張潔的《沈重的翅膀》、李國文的《花園街五號》、張賢亮的〈男人的風格〉等。「改革文學」是個寬泛的名詞，與改革有關的均可屬之，如寫農村改革的有高曉聲的「陳奐聲系列小說」、賈平凹的《雞窩洼的人家》等；寫醫院體制改革的有蘇叔陽的《故土》等，還有寫工業改革、軍隊改革、四化建設中的知識分子問題等。這些作品基本上還是為政治

服務的，只不過不是歌功頌德，而是為改革開放的政策服務，同時在藝術手法上也都在現實主義的基礎上作了更開放、多元的嘗試。

　　1985 年左右，現實主義思潮在進一步開放、探索之下，出現了「紀實小說」和「尋根小說」。前者如張辛欣、桑曄的《北京人》（有人將之歸為報告文學）、劉心武的〈公共汽車詠嘆調〉、〈5・19 長鏡頭〉等，以逼真地再現原態原貌為藝術追求；後者如鄭義的《遠村》、《老井》，韓少功的《爸爸爸》、《女女女》等。「尋根文學」是新時期中重要的文學思潮之一，致力於此的還有阿城的《棋王》、《樹王》、《孩子王》，鄭萬隆的「異鄉異聞系列」，賈平凹的「商州系列」，李杭育的「葛川江系列」等，這些作家們大多有意以文學尋求傳統民族文化之根，企圖在民族傳統文化的背景下思索人類現實生活處境，探討人與自然、歷史、現實社會、物質文明對人際關係的衝擊等，而且他們有意地跳出中共政治文化的束縛，同時在語言、風格上也極力擺脫中共宣傳文學的窠臼，在思維方式與審美藝術上都有不同以往的表現。韓少功堪稱「尋根文學」的代表作家，如他的小說《爸爸爸》中，描述了一幅原始的民俗圖，在湘山鄂水的「雞頭寨文化」中，貧困、迷信、荒誕、懶惰、保守、骯髒、冷漠、殘酷等諸多民族性中的陰暗面，都被作者以極其誇張、變形的方式呈現在我們面前，小說中對傳統文化落後面的洞察與批判，包含著深邃的哲學意蘊，具有震撼人心的藝術力量，在新時期文壇上曾產生極大影響。

　　與尋根小說幾乎同時出現在文壇的還有現代（主義）派小說，這派小說在審美意識上與傳統現實主義小說截然不同，情節淡化，題旨多重，利用各種荒誕、象徵、魔幻、反叛、錯置、破碎、跳躍、黑色幽默的技巧，致力於新觀念、新型態、新方法、新文體形式的實驗，表現出

0
6
2

旺盛的探索精神與藝術追求的能量，這些光怪陸離、五光十色的小說，令讀者們大開眼界，評論家們則以「探索性小說」、「新潮小說」、「先鋒小說」、「實驗小說」、「新型態小說」等名稱來指稱這些受西方現代主義思潮影響下的作品。這派小說出現的主要意義在於打破了現實主義長期一元獨占的美學格局，而使文學創作的理論和實踐領域得到了突破與擴大。1985 年左右，現代派小說成為一股時髦的潮流，代表作品有劉索拉的中篇《你別無選擇》、徐星的〈無主題變奏〉、扎西達娃的〈西藏，繫在皮繩扣上的魂〉、宗璞的〈泥沼裡的頭顱〉、莫言的《透明的紅蘿蔔》、諶容的〈減去十歲〉、殘雪的〈蒼老的浮雲〉、格非的《迷舟》、馬原的《岡底斯的誘惑》、余華的《十八歲出門遠行》、蘇童的《1934 年的逃亡》等。其中馬原、余華、蘇童、格非等人的作品又被稱為後現代（主義）派小說，強調文本的遊戲和敘事操作，把敘述置於故事之上，也就是在觀念上由「寫什麼」轉變為「怎麼寫」，文體形式有更大膽而新潮的嘗試。

這類借鑑於西方現代及後現代主義思潮的作品，以其尋找真實自我、存在價值的深刻思維，還有從表面上的挑戰與反抗意味底下所具有的積極批判意識，而有了其在新時期文學中不可替代的獨特地位。李達三主編的《中國當代文學史略》肯定其「澈底打破了建國三十年來現實主義一統天下的局面，而呈現出多種文藝思潮、多種創作方法、多種小說樣式的競存共榮的真正百花齊放的繁榮景象」；金漢主編的《新編中國當代文學發展史》也認為「現代派和後現代派文學的成績是十分明顯的，它突破了僵化的文學規範的束縛，拓展了小說的功能和表現力，強化了小說的感覺、語言風格。」唐翼明《大陸「新寫實小說」》中更是一語道破指出：「儘管這些小說還相當不成熟、模仿西方的痕跡太明

顯，但是它們對中共文學原則及中共文學傳統的反叛與顛覆，卻是最大膽、最激底，也是最致命的。它們在思想內容上的荒誕不經、戲弄權威消解了由中共數十年來刻意塑造，以馬列毛意識型態嚴密包裝的政治神話與英雄神話，它們在表現手法及語言運用上的離經叛道與肆無忌憚又解構了大陸文壇數十年來形成的千人一腔的革命八股。」

「新時期文學」的「新」就在於思想觀念的突破，在於藝術探索上的精進，儘管有著浮泛偏激、過度西化的缺失，但從傷痕文學到現代派小說，這一路上文學的演變軌跡是清晰的，過去作家意識與創作風格上的簡單化、片面化、絕對化、單一化的現象消褪了，長期宰制文壇的「國家意識」、「民族意識」、「階級意識」逐漸淡化，取而代之的是「人的意識」，尤其是作家主體意識的覺醒與張揚，使新時期小說有了多元並立、爭奇鬥艷的創作盛景。但是，1985 年前後的這股熱潮，不管是文化尋根還是實驗先鋒，卻只持續了兩年就難以為繼了，其原因很複雜，或許和表現手法怪異而思想主題蒼白有關，或許和與現實生活疏離有關，也或許與讀者傳統的審美趣味迥異有關，總之，新時期文學的勢頭突然間沈寂下來了，文學從高峰盪到了低谷，然而，另一波文學的新潮就在這種低盪中悄悄醞釀，1987 年開始，新的文學思維與美學突破呼喚了「後新時期」的到來。

四、後新時期

從 1989 年至今的「後新時期」，如前所述，在 1987 年前後即已初露苗頭，一些年輕的作家如方方、池莉、劉恆、劉震雲等，陸續發表了明顯不同於前一時期的作品，他們的小說被評論家們稱為「新寫實小

說」。「新寫實」的提法最早見於 1988 年秋在無錫由《文學評論》雜誌和《鍾山》雜誌聯合舉行的「現實主義與先鋒派」研討會上，但當時有許多不同名稱，如「新現實主義」、「後現實主義」等，直到 1989 年春天，《鍾山》雜誌策劃了「新寫實小說大聯展」，才正式確定了「新寫實主義」的名稱，並對「新寫實小說」的流行產生推波助瀾的作用。從現代先鋒小說到新寫實小說，最大的不同在於作家們將對藝術技法追求的目光拉回到普通人平凡、瑣細的生活原生狀態中，探索人的生存本相，不再過分玩弄文字與敘事技巧，而是回歸到貼近真實自然的生活中。最早出現且最具代表性的新寫實小說是同發表於 1987 年的方方的中篇《風景》和池莉的中篇《煩惱人生》，此後蔚為風潮，出現了一大批這類風格的作品，如劉恆的《伏羲伏羲》，劉震雲的《單位》、《官場》、《一地雞毛》，蘇童的《妻妾成群》，葉兆言的《艷歌》、《追月樓》，池莉的《不談愛情》，李曉的《天橋》，《輓聯》，范小青的「銀髮小說系列」等。

在「新寫實小說大聯展」的卷首語中曾指出「新寫實小說」的基本特性是「以寫實為主要特徵，但特別注重現實生活原生型態的還原，真誠直面現實、直面人生」。既然是追求原生態的真實，就必須「從感情的零度開始寫作」，以客觀的敘述方法，記錄或實錄生活。唐翼明歸納出「新寫實小說」的主張有以下幾點：還原生活本相，表現生活的原生態；不談理論；感情零度介入；避免做理性評價；表現「現象的真實」。這些主張，在他看來，真正的本質其實是「拒絕接受中共文藝理論的指導」，「拒絕做中共的代言人，拒絕宣揚共產黨的意識型態」，可以說，「新寫實小說直截了當地揭示大陸各階層人民生存的艱窘與精神的尷尬」，所以，對大陸文學來說，「這真可以稱得上是一次脫胎換

骨的革命性的變化」。

　　「新寫實小說」拋棄了過去居主流的革命、歷史、國族等大事件、大背景、大論述的寫作模式，也打破了現代先鋒小說以玩弄技巧、故弄玄虛為能事的迷思，以逼真地描繪中國當代社會現象、人的生存細節狀態為小說美學追求的境界，在描寫小家庭的困頓、普通日子的辛酸、小單位的庸俗、小人物的軟弱、灰色心理、不能掙脫命運、環境、物慾支配的眾圖像上，表現出了強烈的現實感。池莉曾說自己寫作只是「拼版工作，而不是剪輯，不動剪刀，不添油加醋」，她認為「只要有現象真實便能觸及到本質」；范小青也強調：「乾脆放棄思想，寫生活本身，寫存在，不批判，不歌頌，讓讀者自己去思考、評價。生活就是目的。」；劉震雲也有同樣的追求：「我寫的就是生活本身。」因此，我們看到池莉《煩惱人生》寫普通工人印家厚一天的生活，劉震雲《單位》寫單調枯燥的官場生活，《一地雞毛》寫主人公在家庭生活中面對種種冗煩的難題，劉恆《白渦》寫婚外情的誘惑，方方《風景》寫武漢底層社會一個貧民家庭為基本生存慾求與環境的摩擦衝突等，這些作品為中國當代小說提供了一種新的審美經驗，豐富了當代文學向多元格局發展的可能性。

　　當然，這些作家們都有自己獨特的創作風格，對自己被歸類為「新寫實小說」作家群中，他們幾乎都持否認或不置可否的態度，因此，我們很難用一種命名方式將他們全部劃入其中，它還不是嚴格意義上的文學流派，只能說是一定時期的一種創作傾向，只不過，這種傾向在九〇年代的大陸文壇確實是一股聲勢不小的潮流，不容忽視也不能輕易否定。有些學者（如《中國當代文學史》作者鄭萬鵬）對「後新時期」的文學發展提出了新的見解，認為九〇年代中期以後崛起了「新現實主

義」，超越了「先鋒小說」與「新寫實小說」，因為「新寫實小說」只有細節真實，缺乏「趨勢性真實」，缺少歷史感，也就是它僅僅寫出了一個小天地而已，而所謂的「新現實主義」小說則有較強烈的時代感，「它在描寫現實社會關係的基礎之上揭露以改革中的經濟問題為核心的社會矛盾，並且在揭露現實生活中醜惡的同時也開掘現實生活中的美」，「這種富有現實感的真實，有力地超越了『新寫實』小說的一己天地的真實」。這類「新現實主義」的小說有何申《年前年後》（1995）、《熱河大兵》（1999），李佩甫《學習微笑》（1996），劉醒龍《分享艱難》（1996）、《路上有雪》（1997），關仁山《大雪無鄉》（1996），何頓《喜馬拉雅山》（1997），張平《抉擇》（1997）、《十面埋伏》（1999）等。在這些作品中，主人公已擺脫「新寫實」中的「環境決定論」，而表現出「非環境決定」的特徵，人可以實現自己的價值，而不再只是失落、垂憐。「新現實主義」小說可說是九〇年代的「問題小說」，它描寫了一個個鄉鎮、工廠所面臨的嚴重經濟問題，只不過，它所探索的領域不在經濟，而在致力於建設的「精神」，因此，它被稱為「探索的現實主義」，呼應或銜接了「新時期」的「改革文學」。

　　「新寫實小說」和「新現實主義」小說確實有其差異之處，但論其實質精神與創作特徵其實相差不遠，也許它會帶來新的轉變契機，值得拭目以待。九〇年代以後的大陸文壇，才真正進入了「百花齊放」、各領風騷的繁榮局面，「新寫實小說」、「新現實主義」小說只不過是文壇上眾多文學樣式中較為人注目的一種，其他也曾引領一時風騷的寫作潮流還有「新狀態小說」、「新文化小說」、「新鄉土小說」、「新歷史小說」、「新言情小說」、「新武俠小說」、「新都市小說」、「新

市民小說」等。有意思的是，每種小說都強調「新」，「新」意味著突破、實驗、不滿與捨棄，這麼多的「新」也預告著沒有一種文學思潮可以高高在上地指導著文壇，多元格局的時代來臨，文學已經迎來了無限生機的新世紀的春天。

「後新時期」的意義與價值就在於此，它讓文學回到文學，它的各種可能性，使我們有理由也有信心對它充滿期待。

第三章

構成論

∽ 第一節　主題的構思 ∽

　　所謂「主題」，原指樂曲中的主旋律，用在文學創作中，是指作品的中心思想。作者透過小說的藝術形式，呈現出個人的人生理念、生活感觸，這中心思想如同一篇小說的靈魂，所謂「舉一綱而萬目張」，主題就是這個「綱」。小說有主題，就如人出門要有個目標、方向一般。一部優秀的小說，除了必須依靠生動的人物形象和曲折的故事情節來吸引讀者之外，還必須寄寓深刻的題旨，從而啟發讀者思考人生、認識人生。小說中的故事、人物、語言、場景等一切細節的描寫、安排，其實都是為了呈現主題所構思設計，或者說，這些設計最後都會成為讀者理解主題的線索。

　　只要是傑出的小說，它的主題思想總是深刻有力的。不管是先有題材再有主題，還是先有主題再設計情節，當作品完成時，它的主題已寄寓其中，任讀者體會、批評家賞識了。即使與作者原來的想法不盡符合，也沒有關係。作者思想的深度、境界的高度，透過對小說主題的構思可以完全表現出來。當然，小說不是哲學著作，也不是勵志作品，理念的傳達必須透過出色的藝術技巧來完成。法國當代文藝理論家皮埃爾‧馬什雷（Pierre Macherey）在〈小說的功能〉一文中說：「在一部具體的作品裡不可能再現全部意識型態：它只可能表現意識型態的一個部分，這樣就有了選擇，而正是這種選擇具有意義。」換言之，當作者選擇題材、安排人物、設計對話時，他想要表達的主題已在其中，他個人的哲學觀、人生觀、社會觀等，也已或多或少地滲透其中了。

這麼看來，小說似乎是一定要有主題了。但是，這是可以進一步探討的問題。事實上，小說是否一定要有主題，已是長期爭論不休的老話題。這個話題正如文學要為人生還是為藝術的爭辯一樣。主張「為人生而藝術」者，堅持應該有主題。羅盤《小說創作論》中就再三強調：

> 主題是作品的生命，作品的靈魂，作者所欲表達的思想意識情感。作品如果沒有主題，就像一艘沒有舵的船；隨波飄盪在海上，豈能達到目的，駛到彼岸？……作品如沒有主題，也就等於作者沒有寫作的目的，一篇茫無目的的作品，還能談什麼藝術的成就！

然而，「為藝術而藝術」者卻表示反對，認為太強調主題會使作品淪為說教的工具，作家應該想寫什麼就寫什麼，不必有「我為什麼要寫這個」的念頭，因為先有主題再發展出人物和故事，作品必然充滿匠氣。對此，比較持平而客觀的說法應該是，不論有無主題，都不要過度「喧賓奪主」，主題與藝術形式是二合一的，抽離任一部分都不完整。畢竟，小說的題材來自生活，來自心靈，人性中普遍、永恆的真理，也正是小說要刻畫、書寫、表現的「主題」。如果是八股說教，自當揚棄；主題若有啟迪人生的效果，又何必排斥呢？

蒲松齡的《聊齋志異》，內容大多談狐說鬼，但各篇異中有同的是，這些狐仙和鬼，都通人性，講義氣，有良心，反而是人類忘恩負義，負心絕情。如此一對照，這部小說的深刻寓意與諷世主題，也就昭然若揭了。法國小說家聖德修伯里（1900～1944）於1943年出版的名著《小王子》，由於全書充滿了豐富的想像力及深刻的寓意，書一問世即

膾炙人口，頓時成為大人和小孩爭閱的作品。小說的故事很簡單，敘述一個飛行員在撒哈拉沙漠飛機故障，迫降於遠離人煙一千英里外的沙地上，意外地遇到小王子，然後一個大人和一個小孩之間逐漸建立起純真友誼的經過。探究此書之所以能流傳後世、深受喜愛的原因，固然是作者的文筆簡練，技巧高明，將故事寫得活潑生動，但最重要的，還是字裡行間不時流露出來的圓融智慧與人生態度。因此，這部小說雖是寫給小孩看的「童話」，事實上，書中很多對話與情節極富哲學性的思想，更值得大人再三深思。

　　《小王子》有沒有主題呢？當然有，而且不只一端。例如它藉大人與小孩的對比，來探討赤子之心存失的問題。書中提到：「所有的大人都曾經是位小孩，只是他們大都忘記了。」接下來，許多的情節都圍繞著這個「中心思想」打轉，如你告訴大人們說：「有一間用玫瑰色紅磚蓋成的房子，窗裡有天竺葵，屋頂上有鴿子……」大人無法想像得出這間房子，你應該說：「有一間價值十萬法郎的房子」，這樣大人們就會說：「多麼美呀！」又如小王子和狐狸告別時，狐狸告訴了他一個祕密作為臨別贈言：「只有用心靈，一個人才能看得很清楚。真正的東西不是用眼睛可以看得到的。」後來，小王子也告訴飛行員說：「眼睛是瞎的，應該用心靈去尋找。」「那些星星很美，因為有一朵花藏在那裡而我們看不見。」這都是在揭示用心與用眼的不同，很多事必須用心靈、生命去體會才能真有所得。這些主題，且不管作者是否在創作之前即已設定，至少讀者可以從中擷取人生的智慧與啟示。《小王子》的成功，正在於它主題深刻與藝術表現傑出的相得益彰。

　　小說主題的表現方式有幾種：可以融入情節故事的敘述中，可以藉人物的塑造來顯示，可以透過對話來呈現，也可以經由富象徵意義的場

景或事物來傳達。運用之妙，存乎一心。顧肇森獲得《聯合報》極短篇小說獎的作品〈最驚天動地的愛情〉，是一篇以對話為主、構思精巧的小小說。描寫五個光棍在週末雨夜聚於一單身酒吧中，出於無聊而以說出個人親身經歷或目睹的「最驚天動地的愛情」來決定輸贏，誰說得最驚天動地算贏，最差的人付酒錢。醫生乙先說，他十四歲時瘋狂愛上一個鄰居的妻子；掮客丙則說，他有個朋友，經營電腦公司賺大錢，太太又美又能幹，結果卻愛上一位既缺教育，又黑白混血的保姆，且放棄大半財產離了婚；律師甲接著說，他有個律師表哥，愛上一女檢察官，苦戀三年後為情自殺；作家丁則說，他認識的一對夫妻，曾是大學情侶，因雙方家長反對而分手，十五年未通音訊，竟又再度碰面，兩人雖已男婚女嫁，卻發現仍深愛對方，於是各自離婚再結婚。最後輪到詩人戊，他胸有成竹地說：

> 我的鄰居，是對結婚六十一年的夫妻，丈夫現在八十二歲，妻子七十九。他們既沒外遇，也不曾為情自殺，並不富有，只是相處融洽，平淡的過了一生。等孩子成人，兩人相繼退休，偶爾出門旅行，多數時候，只是種種花草，或一個拉小提琴一個彈鋼琴，演奏貝多芬的協奏曲……

他還沒說完，「便被又笑又嘲罵的另外四人打斷」，而投票的結果是一面倒：戊付酒錢。這篇小說傳達出什麼主題呢？張素貞《續讀現代小說》中分析道：「作者有心運用反諷來提醒人們重新審視愛情的真諦，人們為何要去尋求『驚天動地』的愛情呢？其實擁有平淡而持久的愛情才是難能可貴的，也才是真正的幸福。」平淡夫妻長期的堅持，以及悲

歡離合、自殺別戀的愛情，哪一種才是真的艱辛不易、驚天動地？這篇小說給了追求速食戀情、沈迷婚外情的現代都會男女一記沈重的棒喝。主題之突出與耐人尋味，增添了作品的藝術效果。

《現代文學》雜誌創辦人之一、以《家變》、《背海的人》等小說馳名文壇的王文興，曾寫過一篇小說〈命運的跡線〉，探討生命存在的意義與命運可否改變等問題，收在《十五篇小說》中，也是主題突出之作。小說描寫小學五年級的高小明，因同學看他手掌的生命線，告訴他只能活到三十歲，令他心生對死亡的恐懼，最後竟然用刀片「拉長了他的壽命線，從原來終止於掌心的終點拉起，拉到手腕關節的動脈處」。他被緊急送醫治療，「一個星期以後——高小明請了最長的一次病假——這孩子康復出院。從此，他的左手巴掌上留下一條永恆不滅的疤痕，看來就和真的壽命線一模一樣。」王文興的小說特色，除了對中文語言獨立性的大膽實驗外，具備生命哲思的探索也是其鮮明的風格。這篇小說藉高小明以接近死亡的方式來企圖反抗既定命運，是一篇主題發人深省之作。故事中，小明與父親的一段對話，使小說主題清晰呈現出來：

「不，不是開玩笑，他不僅給我看，也給每一個人看。」

「聽著，小明，若不是開玩笑，也就是迷信。你想他拿得出科學上的證據來嗎？如果真有這種事的話，」他的父親十分耐性的對他說：「人生就不再被那麼多的人說成是神祕的了。而且人類的歷史也必須重頭改寫過，因為這樣說來一切歷代的英雄偉人都沒甚麼偉大可言了，一切的犯罪盜賊也都清白無罪了，反正歷史從頭到尾就是一個人的獨腳戲，只受一個人的支配——

命運。這樣說來希特勒、史達林、毛澤東都是無罪的了，也就是說，你寧願相信你那個同學是個能夠改寫歷史的人。」他的父親又顯出他那慣於諷刺的口吻。

命運是可以改變的，但不是如高小明用刀片延長生命線的迷信方式。面對不可知的未來，積極努力以對才是正途，不能用「命運」二字限制了自己，也不能用「命運」來解釋一切事物，否則，就成了被命運操縱的玩偶了。這篇小說用吸引人的生活素材，傳遞此一富啟發性的主題，值得一讀。

　　情節、人物、對話，甚至是作者背景的了解，都是掌握小說主題、鑑賞小說主題不可或缺的切入點。小說是整體的成品，應該多角度、多層次的加以理解，因為主題總是滲透在整個作品的每一個細節中。總之，小說離不開人間萬象，也不脫人生百態，生活種種既是小說的題材來源，也是小說的主題所在。人生面臨的重大課題不外是愛恨、生死、名利追逐、戰爭等，它們所衍生的種種複雜關係與現象，正是我們所關心的，而小說的主題也正是這些。

∞ 第二節　人物的塑造 ∞

　　小說既然是反映人生，描寫人生，塑造人物自然成為小說創作的中心任務。人物塑造成功，不一定保證小說成功，但一篇成功的小說，必然擁有刻畫成功、傳神的人物。上一節中討論的「主題」，作者在小說中不宜直接道出，而應由故事情節來呈現，而情節就是「人物」演出的

內容。至於結構，則是人物演出的形式。其他如視角、語言，都受到人物身分、功能的制約。所以，小說的中心是人。其實，不只是小說，應該說，一切的文學都是「人學」，各種文學作品都以寫人為藝術創造的目標，只是其他文體不能如小說一般，展現錯綜複雜的人物關係，構築廣闊多面的人生圖景。

方祖燊《小說結構》中曾說：「沒有人就沒有小說；沒有生動的人物描寫，小說注定就要失敗。」著名的小說鑑賞家金聖歎也曾說過，《水滸傳》之所以能吸引人，使人百讀不厭的原因，就在於它成功塑造了一系列人物性格典型，他說：「別一部書，看過一遍即休，獨有《水滸傳》，只是看不厭，無非為他把一百零八個人物性格，都寫出來。」這個見解說明了人物塑造與小說藝術魅力的緊密聯繫。很多讀過小說的人都會有這種經驗，讀完一部好的小說之後，即使經過一段長時間，對書中的故事情節已不復清楚記憶，但小說中那些具個性特色的人物卻仍然生動地烙印在腦海中。如《水滸傳》的林沖、武松、魯智深、李逵；《紅樓夢》的林黛玉、賈寶玉、王熙鳳、薛寶釵、劉姥姥等；《西遊記》的唐僧、孫悟空、豬八戒；《三國演義》的劉備、曹操、張飛、諸葛亮等。又例如《未央歌》中的大余、小童、藺燕梅、伍寶笙；《藍與黑》的唐琪、張醒亞、鄭美莊；《阿Q正傳》中的阿Q；《城南舊事》的英子等，都是至今鮮活的小說人物形象。

小說中的人物，來自於現實生活中的人物，只不過小說人物比起現實人物更趨於複雜化、典型化，因此能以獨特、深刻的人物形象來打動、感染讀者。小說人物的典型化，既來自現實人物，又經過作家的藝術加工，對讀者來說，既熟悉又陌生，可以看到部分的自己，又能深入別人的內心世界，無形中擴大了對外界的認識，也深化了對自己情感核

層的挖掘。當然，這要看作者對人物的刻畫是否成功而定了。

　　佛斯特《小說面面觀》中，把小說人物分成扁平人物和圓形人物兩種。扁平人物是指人物性格固定，不論遭逢什麼變化，性格大致不變，其好處是易於辨認，容易為讀者所認識、記憶，缺點是缺乏人複雜而真實的情感經驗；圓形人物則是指人物性格會隨環境變化而有喜怒哀樂的多樣化表現，也有內心成長的歷程，不是一成不變的。因此，描寫小說人物要成功，就必須做到李喬所提供的兩點體會：一是了解人情，觀察人性，思索人事，最好是置身其中，一起生活，為人物求得生動實感的泉源；二是要敞開胸襟，關愛人世眾生，唯共同感受生之趣之苦，同笑同哭，甚而共生死，這樣寫眾生，就如寫自己，人物出場，自然生動可信。

　　小說人物塑造的方法很多，主要的是從人物的語言、動作和心理三個層面，來表現人物的思想情感和性格特徵。以下分述之：

一、人物的語言描寫

　　人物的語言描寫，應做到魯迅所說的：「並不描寫人物的模樣，卻能使讀者看了對話，便好像目睹了說話的那些人。」透過對話，人物的地位、身分、經歷、氣質、心理等，都可以自然地表現出來。舉例來說，《紅樓夢》中王熙鳳的出場就是從語言著手，一下子就抓住了讀者的眼光：

　　一語未完，只聽後院中有笑語聲，說：「我來遲了，沒得迎接遠客！」黛玉思忖道：「這些人個個皆斂聲屏氣如此，這來者

是誰，這樣放誕無禮？」心下想時，只見一群媳婦丫鬟擁著一個麗人，從後房進來：這個人打扮與姑娘們不同，彩繡輝煌，恍若神妃仙子，頭上戴著金絲八寶攢珠髻，綰著朝陽五鳳掛珠釵，項上戴著赤金盤璃纓絡圈，……一雙丹鳳三角眼，兩彎柳葉掉梢眉，身量苗條，體格風騷：粉面含春威不露，丹唇未啟笑先開。

大家都「斂聲屏氣」，獨王熙鳳遠遠就有笑聲，且不覺失禮地說：「我來遲了！」由此即可判斷這位「放誕無禮」的來者之身分、地位必有不同，果然，接下去對王熙鳳外貌的描寫，使她「與眾不同」的身分被烘托得更加傳神。王熙鳳是璉二爺的夫人、王夫人的親戚，加上她甚得賈母的歡心，潑辣的性格與過人的才能，自是非凡人物。如此出場，真是「先聲奪人」。曹雪芹的人物刻畫技巧高超，於此可見。

　　朱西寧的名篇〈狼〉，描寫伙計大毂轆捉狼的過程，同時也描述東家「二嬸」的姦情。其中寫到二嬸對大毂轆勾引的一段，語言生動，和動作、心理全結合在一起，十分傳神：

　　坐在大毂轆對面的二嬸，半晌都沒有吃去小半個饃。「大毂轆！」她喊著，她那樣子不是在吃饃，是在吃魚——害怕扎了刺似的。
　　「我跟你說話，你聽見沒有？」二嬸板著面孔。大毂轆一怔，嘴巴停止不動，好似被食物噎住一樣。
　　「有了饃，嘴堵住也罷了，耳朵也堵住啦？」二嬸不悅意的睨著大毂轆……

「他二叔去縣裡，要五六天才得回來，待會兒記住，早點兒插門。」

大穀轆點頭，又認真的大嚼起來，……

「快交冬了，皮子要值錢了吧？」

「也賣不成錢，」大穀轆食物堵住嘴，說不大清楚。

「再不成錢，也夠買雙洋襪子孝敬我呀！」

大穀轆似乎沒有聽懂，後來才笑道：「一雙洋襪子值幾文？還等著賣掉皮子才買得起？」

「那要看大穀轆有沒這份孝心呀！」

打我到二孀家以來，二孀從沒有這麼放聲笑過……

這篇小說以小孩觀點來敘述，二孀一開始的氣話，和後面富引誘性的話語，使讀者看到了她淫蕩邪惡的一面。不直接說破，而是以曖昧、暗示性的語言，如此一來，人物的形象反而鮮活如在眼前。

二、人物的動作描寫

人物的心理刻畫與對話經營，如果不和動作聯繫在一起，肯定會失色不少，因為動作正是人物性格心理的直接表現。如魯迅描寫阿Q「精神勝利法」的心理，就以自打嘴巴來表現：

但他立刻轉敗為勝了。他擎起右手，用力的在自己臉上連打了兩個嘴巴，熱剌剌的有些痛；打完之後，便心平氣和起來，似乎打的是自己，被打的是別一個自己，不久也就彷彿是自己打

了別個一般，——雖然還有些熱剌剌，——心滿意足的得勝的
躺下了。

種種自大、自憐、自欺、變態的複雜心理，都在這打嘴巴的動作中表露
無遺。魯迅塑造了阿Q這個小說人物藝術典型，具有多重的思想內涵，
動作的誇張、生動描寫，是使這個人物活起來的重要因素。小說人物是
虛構的，但又是逼真的，這就得靠作家卓越的加工本領與選擇技巧，如
何選擇最能表現人物個性、最富特徵性的動作，予以藝術加工，考驗著
作家們的經驗與功力。以《儒林外史》這部著名的諷刺小說揚名的吳敬
梓，就善於藉人物動作來塑造個性，雖不免有略嫌誇張之處，但他確實
能抓住最富戲劇性的動作來描寫，而使情節生動有趣，效果突出。如第
五回中寫「嚴監生疾終正寢」一段，即絕妙傳神：

> 到中秋以後，醫家都不下藥了。把管莊的家人都從鄉裡叫了上
> 來。病重得一連三天不能說話，晚間擠了一屋的人，桌上點著
> 一盞燈。嚴監生喉嚨裡痰響得一進一出，一聲不倒一聲的，總
> 不得斷氣，還把手從被單裡拿出來伸著兩個指頭。
> 大姪子上前來問道：「二叔，你莫不是還有兩個親人不曾見
> 面？」他就把頭搖了兩三搖。
> 二姪子走上前來問道：「二叔，莫不是還有兩筆銀子在哪裡，
> 不曾吩咐明白？」他把兩眼睜得溜圓，把頭又狠狠的搖了幾搖，
> 越發指得緊了。
> 奶媽抱著哥子插口道：「老爺想是因兩位舅爺不在跟前，故此
> 紀念。」他聽了這話，把眼閉著搖頭，那手只是指著不動。

趙氏慌忙揩揩眼淚，走上前道：「爺，別人都說得不相干，只
有我曉得你的意思。你是為那盞燈裡點的是兩莖燈草，不放心，
恐費了油，我如今挑掉一莖就是了。」說罷，忙走去挑掉一莖。
眾人看嚴監生時，點一點頭，把手垂下，登時就沒了氣。

寫嚴監生臨死前的舉止，將這個守財奴的吝嗇個性描繪得活靈活現。前
面幾人從親情、銀子等方面猜測都不對，直到由姨太太扶正的趙氏去挑
掉一莖，才安心瞑目。作者沒有一句評論，完全以動作來呈現，看完之
後，誰都會為這位不重親情、只在意一莖燈草的守財奴的性格，感到啼
笑皆非，吳敬梓以動作來刻畫人物的技巧真是「神乎其技」了。

三、人物的心理描寫

在小說中，對人物的刻畫也可以從心理活動著墨。或是透過景物描
寫，或是透過事件和場景描寫，或是透過人際關係的互動來描寫，或是
直接道出人物的心理，或是透過人物的內心獨白來呈現。只有透澈地掌
握人的心理與思想，才能寫出真正的「活人」。於梨華的小說〈撒了一
地的玻璃球〉，就是一篇以描寫姐姐企圖在心理上占有弟弟的驚悚悲劇
小說，變異與衝突心理有不錯的呈現。例如當弟弟帶著女朋友碧珏來見
姐姐時，姐姐心理的活動就很能表現出她變態的潛意識：

碧珏站得近，她不用戴眼鏡，就把她看個清，看到的不是她光
潔年輕的臉，自然殷紅的唇，不要穿緊身衣褲的細巧堅韌的身
材。看到的是她眉角的疤痕，黑髮中的白頭皮，白襯衫上，一

顆失落的黑扣子，手腕上一大串土氣的環子，染著墨水的中指，還有，笑起來那一細條嵌在牙縫裡的菜絲。她的心一下子鎮靜了許多。

典型的自欺心理，不必多說，就把姐姐複雜、起伏、特殊、微妙的內心世界活生生地跳動在讀者眼前。人物心理的描寫，涉及到潛意識、變態心理等其他行為科學、心理學的領域，多方借鑑，自可別出蹊徑，使人物熠熠閃光。

　　不論創作或欣賞小說人物，以上三個切入點都必須掌握，才能塑造出「圓形人物」，而不是缺乏生命力的「扁平人物」。人物是小說的靈魂，從語言、動作中，我們要抓住其主要特徵，加以精練地勾勒，此外，還必須與人物內在的心理活動和精神狀態聯繫起來，人物，才能躍然紙上，進而深印讀者腦海中。

∞ 第三節　情節的安排 ∞

　　小說作為一種「敘事的藝術」，它的「故事性」是常被提起的話題。雖然故事情節並不是小說的終極目標，而是透過情節的人物塑造與思想意識的表現，但是，小說離不開故事，沒有了故事，思想主題的存在是虛幻的。美國著名小說家艾薩克・巴什維斯・辛格就認為，創作的職責是「盡力講好我的故事」，寫作最困難的事情，莫過於「故事的構思」。他還表示：「在當今時代，講故事幾乎成了被人遺忘的藝術。」但是，他堅定地說：「不過我是盡力不受這種健忘症影響的」（〈盡力

講好我的故事〉）。佛斯特《小說面面觀》所討論的七個「面」，第一個就是故事，他說：「小說的基本面即故事」、「小說是說故事」，可見故事情節在小說中不容忽視的重要性了。

「故事」在小說敘述結構中常會被「情節」這一術語所取代，事實上，故事與情節並不完全相同，佛斯特對此有一段中肯且精闢的分析：

> 我們對故事下的定義是按時間順序安排的事件的敘述。情節也是事件的敘述，但重點在因果關係上。「國王死了，然後王后也死了」是故事。「國王死了，王后也傷心而死」則是情節。在情節中時間順序仍然保有，但已為因果關係所掩蓋。又「王后死了，原因不明，後來才發現她是死於對國王之死的悲傷過度。」這也是情節，中間加了神祕氣氛，有再作發展的可能。……對於王后之死這件事，如果我們問：「然後呢？」這是故事；如果我們問：「為什麼？」就是情節。

這段話給我們一個啟發：小說情節不只是告訴讀者一個有時間順序的故事，而且要精心設計出其因果關係，這就需要包括人物、視角等相關線索作有機的組合消融才行。好小說得有一個好故事，好故事不一定能成為一篇好小說，因為這牽涉到故事「怎麼講」的問題。捷克知名小說家米蘭‧昆德拉在寫《玩笑》一書時，曾經在英文版自序中提到一個「事件」：

> 早在 1962 年，我就開始寫這部小說。那時我 33 歲，發生在一個捷克小鎮的事件激發了我的靈感：一個姑娘由於從公墓裡偷

花，把花作為禮物獻給她的情人而被捕。當我認真思索這件事
時，一個人物形象在我眼前形成了……

由此看來，這件公墓偷花事件是促使米蘭・昆德拉創作《玩笑》的最初
原因。這個「事件」本身有因果關係，在偷花與被捕之間存有時間的
「空隙」，這種空隙給了小說家構思與敘述的極大空間，這就是一個
「故事」了。這個故事與後來成形的小說文本之間並無實質聯繫，因
為，怎麼利用這個故事素材，怎麼就此一故事來發揮，最後成為一部
「小說」，那又是更進一層的問題了。

　　為敘述之便，我們將故事與情節等同看待，不加細分。事實上，故
事與情節也經常混為一用。情節的安排，短篇小說固然極為講究，中長
篇小說尤其複雜，不僅可能有明線暗線，還有主線與副線，而且各種線
索時分時合，盤根錯結，環環相扣，對作者而言更具有挑戰性。例如曹
雪芹安排劉姥姥三進大觀園（其實劉姥姥不只三次進大觀園，此處僅舉
其三次較重要者來分析），就可以看出他對整部小說架構的胸有成竹，
精心構思。這三次進榮國府，每次都不同：第一次，劉姥姥從王熙鳳等
人身上，感受到榮國府的豪奢富貴；第二次，劉姥姥見了賈母，飲宴、
遊覽，大開眼界之餘，也讓讀者看到了存在於大觀園內的矛盾、衝突，
埋下了行將衰敗的伏筆；第三次，藉那位曾向劉姥姥伸出援手的璉二奶
奶也不得不向她呼救一事，完全襯托出賈府衰亡之勢。三進三出，情節
的安排高明，由此寄寓的主題也得到適切的藝術發揮。而劉姥姥三進大
觀園，不過是《紅樓夢》的一個副線而已。

　　情節的安排，要見匠心才情，以下三點可供參考：

一、巧用伏筆，出奇制勝

小說創作不能炒冷飯，要新要奇，新穎別致，出奇制勝，是情節設置的原則。透過前後對比、巧合、誤會、反轉等技巧，讓情節發展不落俗套，波譎雲詭，是中外小說創作的一大特色。但這奇特的發展，不宜讓人匪夷所思，而應透過層層伏筆，鋪陳、醞釀，使讀者覺得合乎情理。讓情節既富感染力，又具說服力，正是情節安排的困難所在。舉例來說，以擅寫異國遊子辛酸聞名的小說家張系國，有一短篇〈香蕉船〉，描寫一位李姓船員偷渡在美工作，因無綠卡被查獲，遣送回臺灣，在飛機上認識了一位擁有綠卡、回國省親的黃姓留學生。押送的警察因他也要回臺灣，就將船員託他看管押回，不料在東京轉機時，美國移民局未通知東京當局有人犯要轉機，於是，船員就決定在東京留下，並伺機再跳船偷渡回美國：

> 「你要去哪裡？這是東京，你能去哪裡？」
>
> 「我回美國去。東京我來過一次，神戶我有熟人在船公司做事。我找他們，幫我偷偷弄上一條船，我就又回美國呀。」
>
> 「這不成了偷渡嗎？太危險了。還是先回臺灣吧。你不想回去看看家人？」
>
> 「看他們做甚麼？我去美國打工，賺一筆錢再回家，您請放心，我有辦法。再見！」

回臺灣後，這位留學生忙著探親和相親，因為有綠卡，「約會了一打以

上的女孩子」。就在他幾乎忘了船員的事時，突然收到巴拿馬一家船公司寄來的包裹，並附有一封信：

「親愛的黃先生：

敝公司來往日本及中南美洲船線的一艘貨輪上，三週前發生了一樁意外。一位非法登輪的船員，在裝運香蕉時，不慎失足落入大貨艙，經急救無效死亡。死者非法登輪，敝公司無法負責其意外死亡。除懲辦該輪大副外，並將嚴查敝公司神戶營業處，是否有失職之處。……」

小說以此結局，確實令人感到「意外」，但是，作者在前面早已設下多重伏筆，如在飛機上時，船員聊起自己跳船到紐約的經過說：「幹我們這一行的，有幾個不跳船？海員薪水太低呀。……大家一有機會，到紐約就跳船。……我這次也是晦氣呀。才跳船，沒有做滿六個月工，我們的餐館就被移民局查了三次。前兩次躲過了，這次卻沒躲過去。那天要機靈一些就好了。」跳船不可能次次成功，正如同躲移民局也不可能次次順利一般，「出事」已在意料之中。結局的意外，達到出奇制勝的效果，但又不覺意外，因為巧用伏筆。情節能如此安排，感染力與說服力兼具，難怪這篇作品能入選《六十二年短篇小說選》了。

二、結構完整，主線突出

對小說情節故事加以有機的組織，巧妙的安排，即成「結構」。經營小說結構一如下棋，必須一步一步來。情節本身的基本結構必須完

整，故事的開展才能達到藝術效果。對小說的情節結構，有許多不同說法：李喬《小說入門》分成開頭、發展、變化、高潮、結局五個段落；羅盤《小說創作論》分為開頭、發展、糾葛、頓挫、轉機、焦點、急降、結局等八個階段；傅騰霄《小說技巧》則分為破題、開端、發展、高潮、結尾五個階段。

以上說法詳略雖有不同，但基本結構是一樣的，都不脫亞里斯多德在《詩學》中提出的「三分法」。亞里斯多德原本談的是戲劇的結構，他說，一件事物要有一定長度的「完整」，即「事之有頭，有身，有尾」。他說的「頭」，可以視為情節的開端；所謂「身」，指開端以後到「結」（衝突之前）和「解」（衝突以後）之間的內容，故事的矛盾、衝突最尖銳，人物的思想、性格得到充分展示，這是情節發展的主要部分；至於「尾」，稱為收場或終結，表現出衝突的結果。三分法已經較少人談，因為覺得不夠細密，目前以四分法、五分法較常用。所謂「四分法」是指將「身」再分為「發展」與「高潮」，而「五分法」則是在開端之前，加上「破題」，即背景、交代，有助於讀者理解作品的情節。當然，同是「五分法」，李喬與傅騰霄也有不同。

除了「五分法」可供參考外，一般而言，短篇小說受限於篇幅，以簡潔精練為要，故多採單線式結構，中長篇則採複線式結構。不論創作或鑑賞，在結構安排上，長篇都比短篇要費心經營。如何照顧全篇結構完整，又要使主線突出，是創作者的一大挑戰。以鹿橋六十餘萬字的小說《未央歌》為例，前面的〈楔子〉寫西南聯大校舍的沿革等即是「破題」；接著寫五位主角余孟勤、童孝賢、范寬湖、藺燕梅、伍寶笙在學校的愉快生活種種是「開端」；緬甸戰事爆發，旅緬僑胞流亡到雲南，他們參加救助難胞工作是「發展」，校園美好情誼與生活的氣氛，至此

已開始有所轉變；等到范寬湖趁藺燕梅熟睡而偷吻她，引起校園風風雨雨是「高潮」；最後藺燕梅發現小童的真情，余孟勤與伍寶笙成就姻緣，則是「結尾」，全書結構完整。而以這五人的情感糾葛為主軸，抗戰時期年輕人的夢想與覺醒為主題的《未央歌》，在始終洋溢著詩情歌意化的文字描繪下，有了情節的統一性，雖然其中不免有些稍覺漫長的風物描寫、季節描寫，或是有關人生、學術的議論，使小說的緊湊性略嫌不足，但並不累贅，也不妨害主線的突出表現。

■ 三、過程合理，結局畫龍點睛

英語中稱小說為 fiction，意指虛構。雖然虛構是小說的特質，但小說情節仍必須要注意合理性。一般會有不合理情節的出現，主要是作者知識不足或無心忽略。過去有些言情小說的內容讓讀者詬病，就是許多情節不合理，如男女主角總是男俊女美，邂逅的場合、時機更是太過巧合，難以讓人產生認同感。李喬也舉了一個不合理的小說例子：

> 一篇描寫少年暴力行為的小說中，有這樣的情節：在天剛亮時刻，一個五十多歲的漢子，後腦部位突然受到磚頭類堅硬物的攻擊。妙的是，這個受襲擊的人，轉過身來，看到了兇手的背影，而且認出是誰，然後昏倒過去……

小說雖然是虛構，但要虛構得讓人們接受，必須合乎真實生活的邏輯性，又要具有文學的藝術性，所以小說情節的處理是一項艱巨的藝術工程。對許多細節都必須考究，否則氣味不對事小，貽笑大方事大。茅盾

的《子夜》在第一章中對故事發生的時代背景有這樣的描述：

> 這時候──這天堂般五月的傍晚，有三輛 1930 年代式的雪鐵龍
> 汽車像閃電一般駛過了外白渡橋，向西轉彎，一直沿北蘇州路
> 去了。

據說茅盾在初稿上寫的汽車名稱是「福特」牌，後經瞿秋白先生建議才改為「雪鐵龍」牌。這一修改，才符合了作品人物所處的時代。

小說結局的「畫龍點睛」，需靠小說家的藝術匠心。或急轉直下，或豁然開朗，或疑雲重重，或真相大白，或出乎意外，或人心大快，或餘味無窮，或一針見血。小說結尾應力求立意新穎，不落俗套，如大陸作家李延國的極短篇〈霧〉，描寫一個叫周小波的戰士在戰場上被地雷炸成重傷，生命垂危，師部長官趕到病床前，告知要授予他「滾雷英雄」的決定，可是，臨終前的周小波卻用右手寫下了：「我不是滾雷英雄，我是被石頭絆倒的。」他講出了事件的真相，但他可以不講的，如此一來，英雄是當不成了，但是，所有的讀者都會為這個結局所感動，因為他呈現了人性中可貴的真誠。作者以這個安排，畫龍點睛地描寫出一個小人物人格的閃光點，可謂巧妙新穎，大大提高了小說的可讀性與藝術性。

以上三點，環環相扣，在情節安排時應同時運用，缺一不可。最後，我想舉俄國小說家契訶夫一段生動的描述，來說明情節安排的重要，他說：「要是您在頭一章裡提到牆上掛著槍，那麼在第二章或第三章裡就一定得開槍。如果不開槍，那管槍就不必掛在那兒。」說故事的技巧，就在這裡。

∽ 第四節　場景的描寫 ∽

　　王國維《人間詞話》有一名句：「一切景語皆情語」，景物在文學作品中，很少只是點綴作用，舉凡傑出的作品，其對場景的描寫總是別具匠心：或與人物的情緒相互襯映，或提供一個適切的舞臺供人物揮灑、情節進行，或寄寓深刻的時代背景、社會內容。因此，場景刻畫在小說作品中也是不可忽視的重要藝術構因之一。這裡的「場景」，主要指時間背景與空間環境。場景的設計與描繪，主要是以烘托人物心理、性格，以及交代事件發生的背景、環境為目的。它包括了人物生活的歷史背景、社會文化背景、自然地理環境和起居活動的空間。「場景」也有人稱為「背景」（setting），如簡宗梧《現代文學欣賞與創作》中所說：「凡是人物所居處或這事件發生的場合，都叫作背景。它包括一切時間、空間，以及自然的、社會的、物質的各種環境，是表現人物和事件所必備的要素之一。」

　　時間與空間，堪稱「小說的坐標」，人物與情節都因此而有行動的依準。時間必須與空間配合，藝術作用才能發揮。《紅樓夢》有了大觀園，所有的戀愛戲碼才有發展的舞臺，而大觀園前期的花團錦簇與賈家的富貴顯達是分不開的，後期的蕭條凋零則又暗寓著賈家榮華已去、風光不再的處境，場景的作用於此可見。再如《水滸傳》，如果沒有梁山泊的獨立險境，一百零八條好漢如何在「聚義廳」內共商討宋的大計？這些英雄好漢被逼上梁山，如果沒有這精心構築的場景，好漢們的心境與遭遇，肯定得不到如此深刻的呈現。

　　小說家對場景的描寫不外繁筆與簡筆，即寫實與寫意，或者說是「全般描寫」與「重點描寫」（羅盤語）。這要取決於情節進行的必要性。作者為求最大的藝術效果，可以對場景作適當的細膩鋪陳或輕描淡寫，完全以達到作用為考量。我國小說中對場景的描寫，要到清末《老殘遊記》的出現才有大規模的描寫文字，在此就以《老殘遊記》中描寫月光之景為例，說明小說家對場景描寫或詳或略的不同表現。如第九回寫申子平雪夜訪桃花山的一段：

> 子平將詩抄完，回頭看那月洞窗外，月色又清又白，映著那層層疊疊的山，一步一步的上去，真是仙境，迥非凡俗。

這「山月相映」的仙境，劉鶚並未多加發揮。第十二回中，老殘來到齊河縣城，有一段看「雪月交輝」的景致，就描寫得細膩逼真：

> 抬起頭來看那南面的山，一條雪白，映著月光分外好看。一層一層的山嶺卻不大分辨得出。又有幾片白雲夾在裡面，所以看不出是雲是山。及至定神看去，方才看出那是雲那是山來。雖然雲也是白的，山也是白的，雲也有亮光，山也有亮光，只因為月在雲上，雲在月下，所以雲的亮光是從背面透過來的。那山卻不然，山上的亮光是由月光照到山上，被那山上的雪反射過來，所以光是兩樣子的。然只就稍近的地方如此，那山往東去，越望越遠，漸漸的天地是白的，山也是白的，雲也是白的，就分辨不出甚麼來了。

這是《老殘遊記》中著名的場景描寫，連胡適都說：「描寫風景人物的能力」是本書「在中國文學史上的最大貢獻」。同樣是月景，小說家運用不同的敘述方式，在細描粗勒之間，分寸的拿捏也考驗著作者的藝術修為。

　　小說場景的鋪寫，其作用與功能，至少有以下三點：強化主題思想、烘托人物形象、創造氛圍意象。以下舉例說明。

■ 一、強化主題思想

　　場景的描寫，在小說中通常不會獨立存在。不管它的直接作用為何，最終的目的都是為了要暗示、強化主題。例如為了激發士氣民心，表現出大時代兒女的愛國情操，通常小說會將時間背景置於抗戰，或將空間置於戰場，紀剛的《滾滾遼河》、王藍的《藍與黑》等，就不乏戰場的描寫；又例如要描寫失戀，場景通常會在秋天或有下雨的場面。這些自然景致，以間接的型態提供了主題富形象化的效果。

　　柏楊著名的小說《異域》，以其孤憤與悲情的情節描寫，多年來不知觸動了多少人的愛國意識。孤軍的身影，先是透過小說，後是透過電影，牢牢地印在經歷過那場時代巨變的人心中，也印在無數為他們辛酸遭遇落淚的讀者心中。場景的描寫，在小說中占很大的分量，也格外有感染力。如第三章〈中緬第一次大戰〉中，描寫這群孤軍歷經艱險，終於在「萬山重疊，森林蔽日」的緬甸邊界上，建立了「復興部隊」，有一幕升旗的場面十分感人：

　　　我分明的記得，我們在教堂廣場上升起青天白日國旗的那一場

面，除了正值勤務的衛兵外，我們全體——包括眷屬和孩子，一齊參加，國旗在軍號聲中，飄揚著，一點一點爬上竿頭，從薩爾溫江上晨霧中反射出的一道陽光，照著旗面，眷屬們都默默的注視著，孩子們也把手舉在他們光光的頭上，我聽到有人在啜泣，接著是全場大哭，國旗啊，看顧我們吧，我們又再度站在你的腳下。

在晨霧中反射出的一道陽光，在異域荒地上升起的一面國旗，還有所有人的注目、敬禮、哭泣，這些場景彙集在一起，喻示了這支孤軍在異域不忘愛國、救國的情操。從艱難中站起來，從困境出突圍，這是《異域》一書深沈的主題，而這段場景描寫，既暗合也明喻了這個主題，讀來情緒不禁隨之沸騰。抽象的主題，透過具象的描繪，感染力大大提高了。

二、烘托人物形象

小說中的場景，不論是自然景物，還是社會環境，都與人物的思想、心情、動作有密切的關係，因為小說是以人為中心，場景的描寫自然也是為了烘托人物。人物的心思，除了直接說出，或以動作表現外，藉助投射於外的場景變化，也是小說藝術技巧之一。

施叔青〈倒放的天梯〉一文，寫一油漆匠潘地霖為了漆一山間的吊橋導致發瘋的心理過程，是一篇典型的現代派心理分析小說。小說中以潘地霖的獨白，道出漆橋三天的心理變化，而這些變化，都和景物聯繫在一起。例如第一天，他充滿衝勁，看到的景致是：

日之波流搖晃著，發出如音樂流瀉的輕響，色彩繽紛的山谷鍍
上白光，造成了谷裡陣陣美麗的騷動。……我把工作的速度加
到最快，去追逐橋板上的日影，我狂妄到想和太陽賽跑……

第二天，夥伴都走光後的孤獨，使他開始懷疑起這工作的目的。他倒掛
在吊橋上使勁地漆，但他開始有孤獨、無助、想要逃離的渴望。這時，
他看到的是「天空一片鉛灰色，蕈狀雲壓住山頂，風不帶勁地吹拂。」
「緊接著我看見一隻黃色的漂鳥，幾乎要被風吹倒似的，像一片沈重的
羽毛，跌落吊橋的方向，在交錯的鐵索之間陀螺一般飛轉，做著突破重
圍的努力。」這完全是潘地霖心境的告白了。到第三天，他快完成漆橋
工作的前一刻，厭倦、恍惚、孤絕的感覺襲來，他覺得自己不過是「被
人線牽的傀儡，擺盪於深淵之上，一無依歸」，於是，他陷入了這樣的
場景：

依丁山的日午是籠籠統統的白，許是我心神恍惚的緣故吧！視
線以內的風景在煙白中失去輪廓，一切變得空洞而且茫然無邊。
我開始失去重量的感覺了，……似乎是懸在天空當中的太陽在
加速迴轉，水波在咧嘴笑著，笑紋無窮地放大著，我身體失去
重心，眩暈了起來了……

可以說，沒有這些場景的描寫，小說的藝術性將大大降低。許多幽微難
言的感受與思緒的流動，透過「移情」作用，使景物與人物思想、性格
產生有機的交融，景物就不再只是背景的點綴而已。

▋三、創造氛圍意象

　　小說氛圍的渲染與意象的建構，必須靠出色的文字，最直接也有效的技巧之一便是利用場景的描繪。生動而貼切的場景，可以引發讀者的聯想，製造氣氛，透過氣氛可以幫助故事情節的發展。營造的意象，對讀者理解小說也有幫助。這些氛圍、意象使小說感染力增強，而創造小說氛圍的主要手段即是透過場景的描寫。舉例來說，以〈植有木瓜樹的小鎮〉一文於日據時代即成名文壇的龍瑛宗，有一短篇〈濤聲〉，寫主人公杜南遠返回故鄉臺東一小鎮工作的心情與見聞，不少的場景刻畫使小說散發出獨特的鄉野氣息。以濤聲來象徵人向命運挑戰的本能，在小說中不斷出現，如在甲板上看到「暗淡的波浪擊碎了月光，好像撒了一地的梔子花」，而他正要去展開一個新的生活；工作之後，海的變化起伏仍不斷啟發他的心靈：

　　　杜南遠在沙地上坐了下來。
　　　咚咚……海的濤聲高漲起來了。是永遠反覆不息的無盡的響聲。因為晚風吹襲，海上像是一片翻騰的鬃毛。這怒浪的盡頭，激烈的戰爭正在進行。那不是夢幻，而是儼然的現實。這一場大戰，想必會把一切古舊的羈絆轟掉的。然後新的現實，新的精神，便會從這波浪之間誕生的吧。

小說最後以阿美族人如古銅般健壯的身軀，暗示現實生活的考驗可以使人成長茁壯，而「夕照益發地濃了，海變成暗葡萄色。由於晚風又加了

一份強勁，因而浪頭也變高了。」譬喻生動，不僅與情節的推展緊密聯結，也營造了整篇小說的氛圍，人與海的意象相疊相生，不向生活淬鍊服輸的主題也得到適切的呈現。

　　場景在小說中的功能不容忽視，因此，作為一個小說創作者，就應該思考如何多運用感官意象，使讀者對小說氛圍有如在目前之感；如何把握細節描寫，使場景突出；如何從熟悉的場景中挖掘特殊寓意，使場景鮮活。而作為小說的欣賞者，則可以藉由場景的描寫，來分析其主題思想、人物形象與情節推展之間錯綜複雜的內在脈絡，從而提升自己的鑑賞能力。

∽ 第五節　語言的經營 ∽

　　語言是小說藝術的載體。沒有語言，小說的藝術宮殿無從構築。文學本就是語言的藝術，小說自不例外。無論形式表現或主題呈現，最終都必須歸結到語言的運用，因此，語言是小說不可或缺的基本條件之一。事實上，當我們創作或閱讀小說時，首先接觸到的就是語言。語言本有生活語言與文學語言之分，但這兩種語言都共同使用同一種「母語系統」（因為日常用語中也包含著大量表述情感的成分和功能），它們互相糾纏包孕，因此要嚴格區分是不易辦到的。不過，小說作為一種文學藝術，要求提煉生活口語，使之藝術加工成文學語言，確實是必須的，而這可以透過創造新的意象、隱喻等不同於生活口語的組合關係來達成。語言的抽象、曖昧、開放與多元的特質，使作家們有了無限廣闊的語言實驗、馳騁的場域。

　　基本上，小說語言可以分為兩大類別：一是作家的敘述語言，即敘事者的語言；一是作品中人物的語言，包括對話與獨白兩種。作品中，除了人物對話與內心獨白之外，其餘的都可以說是敘事者的語言。以下針對敘事語言、對話與獨白三種類型來分析說明其不同特性與藝術要求。

一、敘事語言

　　敘事語言占小說整體結構的大部分，如何使語言具備表現力與感染性，須靠文字形象性與具體性的靈活運用。成功的小說語言，往往可以讓人如見其人，如聞其聲，如臨其境，刺激讀者的想像力，也增添作品的可讀性。不過，小說語言本身雖也有其獨立的美學表現，但其功能必須針對所要表達的內容主題，如果偏離主題，則優美、生動都失去其意義。小說敘事語言的經營，以下幾個原則應該遵守：

(一)準確精練

　　小說語言的經營，不論長篇、短篇，都應力求準確，將欲傳達的意思或氣氛，以最正確的字眼來表現，如射箭般，枝枝射向圓心，不偏離焦點，總以枝枝命中為最高要求。雖然不易，但應全力以赴。在小說藝術上追求完美的《小王子》作者聖德修伯里，其小說草稿總是一改再改，常常完稿後的長度只剩原草稿的三分之一，他把這種寫作態度稱為「從礦床中挖掘出寶石」；海明威為求用字準確，曾把他的長篇《永別了，武器》改寫了三十九遍。這種經驗，應該具有很大的普遍性。法國小說家莫泊桑的一段話就很準確地將小說語言必須「準確」的理由說了

出來，他說：「不論一個作家所要描寫的東西是什麼，只有一個詞可供他使用，用一個動詞要使對象生動，一個形容詞使對象的性質鮮明。因此就得去尋找，直到找到了這個詞，這個動詞和形容詞，而絕不要滿足於『差不多』，絕不要利用矇混的手法，即使是高明的矇混手法。」莫泊桑的說法，與王文興如出一轍，王文興也說過：「外國作家 Stein 曾說過，寫作就是把恰當的字放到恰當的位置。我想，我還可以加上一句：把恰當的標點放到恰當的位置。我經常為了找一個恰當的字找遍了它的每個同義字。運氣好，找到了我想要的，運氣不好，甚至可以發明一個字。」

　　準確通常是與精練、簡潔連在一起的。所謂精練，是指以最少的語言能表達出最豐富的內容。就以王文興的小說為例，他的成名作《家變》，一開頭寫范閩賢離家出走的鏡頭，就處理得乾淨、準確、不囉嗦：「一個多風的下午，一位滿面愁容的老人將一扇籬門輕輕掩上後，向籬後的屋宅投了最後一眼，便轉身放步離去。他直未再轉頭，直走到巷底後轉彎不見。」「愁容」形容其心境，輕掩、最後一眼，呈現出他不捨與決絕的複雜情緒，但他終於「放步離去」，且「未再轉頭」，決心已下的動作，準確而簡潔；又如朱西寧〈破曉時分〉中，寫「老三」第一天當衙門差役，父親不放心陪著前往的一段，也是形容準確、簡潔生動的小說語言：

　　有黑八領著上衙門總該放心了，爹仍然一直跟到衙門口，袖手
　　立在那兒不肯回去。燈籠桿兒袖在裝糧食口袋一樣肥的袖籠裡，
　　燈籠從下面照上去，爹那張富富泰泰生意人的胖臉上，黃是黃
　　一塊，黑是黑一塊，活像貼金的泥菩薩日久剝落了。他老人家

傻傻的望著甚麼，背後襯一些燈火和煙霧……

朱西寧也是出了名的「慢工出細活」，對小說語言字字講究，務求其準確簡練，因此，有人說他的小說不是用「寫」的，而是「刻」出來的。這些作家能揚名文壇多年，確非浪得虛名。

(二)形象突出

逼真摹寫，形象具體、突出，使場景、人物、動作都能如在眼前，是小說家追求的藝術境界。每一段描寫，都彷彿鮮明的畫面，在讀者的腦海中浮現，能做到這一點，小說的形象經營就成功了。小說家在敘事時，應時刻掌握住「形象」的鮮活、豐富。朱天文的〈童年往事〉是知名度高的短篇，後來拍成電影，小說中很多形象化的畫面，像電影鏡頭般引人聯想。如其中描寫祖母一心想「走」回大陸老家，有一次帶著「阿哈咕」同行的情景：

> 他跟祖母走著那條回大陸的路，在陽光很亮的曠野上，青天和地之間，空氣中蒸騰著土腥和草腥，天空颳來牛糞的瘴氣，一陣陣催眠他們進入混沌。年代日遠，記憶湮滅。祖母不明白何以這條路走走又斷了，總也走不到，但是菜花田如海如潮的亮黃顏色，她昨天才經過的，一天比一天更鮮明溫柔了。
> 有火車的鳴笛劃過曠野，像黃顏色劃過記憶渾茫的大海，留下一條白浪，很快歸於無有。

這是一趟注定達不了目的地的旅程。陽光、青天、瘴氣混合成催眠的氣

氛，油菜花的亮黃，反襯出心境的荒涼，「總也走不到」的畫面中，一祖一孫踽踽而行，結局一如火車留下的鳴聲，化為無有。寓意深遠，而形象具體，十分耐讀。

(三)生動傳神

敘事求其生動傳神，似已成為小說語言的鐵律，不必贅言。其實不只是小說，只要是文學作品，傳神的文字總是作家們追求的目標。二十餘歲就以一部長篇《停車暫借問》震驚文壇，令許多成名作家驚豔的鍾曉陽，以其善於抒情、精於敘事的文筆，寫活了東北瀋陽、上海、香港三地的風情，以及在其間上演的複雜情緣。小說第一卷〈妾住長城外〉，寫東北抗戰下的兒女情長，其中一段描寫女主角趙寧靜與同學張爾珍正閒聊時，警報聲大作，躲進防空洞的情景，細膩而有趣：

> 張爾珍嚇得整包綠豆丸子扔了，挽著寧靜撒腿就跑。只見滿街男男女女，老老少少，盡都拚命朝最近的防空洞奔去，有女人找孩子的，有老的攜幼的，有小的喊媽的，全都抱命而逃，一面吆喝著：「快跑呀！」「空襲了！」亂得簡直雞飛狗走，人就賤得雞狗一般。這一切給寧靜一種幽明之感，彷彿靈體兩分，軀殼在那周圍叫著跑著，自己在陰間聽著陽界的聲音、熙攘……防空洞三面泥牆，戰壕似的挖成一長條，洞頂略比人高一二尺，這個比較小，所以格外擠，呼吸噴著呼吸，臉對著臉，一張張木木的臉，好像忽然回到石器時代，因為不知道那時候人的表情，也就作不出來，彼此更不適應。眼睛是兩口深井，有點兒水，但多年不用，浮著苔綠，並逐漸乾涸。

逃命的驚慌，防空洞內的手足無措，黑暗中的胡思亂想，都生動地浮現眼前。末尾對眼睛的描繪尤見新穎鮮活，其觀察之細密、體會之深刻，於此可見。

■ 二、對話

絕大部分的小說都有對話，甚至以對話取勝，以對話的重視來區別與散文的模糊交界。當然，也有全篇沒有對話形式的，但實質上，即使是內心獨白仍是一種對話，自說自話。小說人物的對話與作者的敘事語言，如何安排完全視主題的表現而定，但有幾個原則可以參考，如符合人物特性、配合時空環境的特色、力求自然生動、適當運用方言等，都是使對話發揮作用、吸引讀者的不二法門。限於篇幅，僅舉例說明一二。

㈠符合人物特性

小說人物的設置，各有其不同的年齡、性別、身分、地位、學歷、性格等，要使小說情節合理地進行，人物的塑造具說服力，形象鮮明，透過對話來顯現，是極重要的一個技巧。什麼人說什麼話，不同的人有不同說話語氣等，都必須注意。大凡成功的小說，對話多半也是成功的，如《紅樓夢》的這一段：

> 賈母這邊說聲「請」，劉姥姥便站起身來，高聲說道：「老劉，老劉，食量大如牛：吃個老母豬，不抬頭！」說完，卻鼓著腮幫子，兩眼直視，一聲不語。眾人先還發怔，後來一想，上上

下下都一齊哈哈大笑起來。

簡單幾筆，人物的聲容笑貌就活躍紙上，詼諧的語言與動作，完全符合劉姥姥鄉下人的身分與生活習氣。

㈡適當運用方言

臺灣的方言包括了福佬話、客家話與原住民語，當然也包括大陸各省各地的不同方言。透過方言的適當運用，地點的特性可以得到突顯，人物的身分也不言可知，更可以強化小說中所要塑造的特殊氛圍，可謂一舉數得。黃秋芳的小說〈作客〉，隨著人物的時空轉移，福佬話、客家話穿插使用，生動而靈活，是一篇富客家風味、且以客家庄為主要背景的小說，十分難得。小說中描述安黛開車到客家人聚集的南苑村，要尋找她的小學同學，不料途中出車禍，當地警員鄭河清找拖吊車來處理的一段，就全用客家方言：

鄭河清通知拖吊車來。
那司機左看、右看，對著車子的慘況緊皺起眉，搖搖頭吁嘆：「好在！好在！偓个（我們的）伯公有庇佑。」
他的助手蹲著捆橡皮帶，繞過撞結一團的底盤，還站起身對安黛伸了伸舌頭：「細阿姐仔命恁大，引擎全部撞壞忒，好該在，偓這位个伯公儘靈喔，這轉角仔儘多車禍，從來不識有人死忒。」……他們一口一句穿錯著，儼然是車禍新聞現況收播專家。安黛尷尬地站在那裡，只有鄭河清溫柔地對她說：「他們說你个命好。不礙事的。你看他們的樣子，很善意，不是嗎？」

客家庄的風情，客家人的熱情，一下就生動地呈現出來。客家方言的運用在此不僅必要，而且有畫龍點睛的作用。

三、獨白

以內心獨白的方式來呈現人物心理變化，也是小說常用的技巧。一些壓抑、潛伏、扭曲的真相，透過意識流或潛意識的獨白語言，可以深入人物深層性格的切面，展現出別具效果的作用。如黃春明〈兒子的大玩偶〉中，敘寫主角坤樹與妻子阿珠吵架的一幕，就不斷地運用內心獨白方式，使小說的戲劇張力格外強烈：

「你到底生什麼氣，氣到我身上來。小聲一點怎麼樣，阿龍在睡覺。」

（我不應該遷怒於她。都是那奓嗇鬼不好，建議他給我換一套服裝他不幹。他說：「那是你自己的事！」我的事？真是他媽的狗屎！這件消防衣改的，已經引不起別人的興趣了，同時也不是這種大熱天能穿的啊！）

「我就這麼大聲！」

（嘖！太過分。但是一肚子氣怎麼辦？我又累得很，阿珠真笨，怎麼不替我想想，還向我頂嘴。）

「你真的要這樣逼人嗎？」

「逼人就逼人！」

（該死的阿珠？我是無心的。）

坤樹心中的一把無名火完全與阿珠無關，但他只能向阿珠發洩，因此，表面上爭吵，內心卻不斷後悔，一來一往間，坤樹內心的矛盾、無奈與辛酸，也得到極為傳神的刻畫。不同於一般的對話，加上獨白運用，形式技巧高超，感人力量也無形中增強了。

語言習慣的長期運用，就形成小說家的語言風格。不同的小說家，應該會有各自不同的鮮明特點。魯迅的小說語言幽默、諷刺、犀利，已成其鮮明標記；鄭清文小說語言質樸、簡潔，自成風格；蘇偉貞小說語言冷峻、淡情，使其作品呈現出冷冷的情調；張愛玲小說語言繁複、意象豐盈，具女性化的細膩與溫柔。這些作家的語言風格，各擅勝場，也因為眾聲喧譁，小說的世界才會繽紛熱鬧。小說寫作不是描摹，而是一種發現與創造，喚醒語言的表現力，便是小說家們必須戮力以赴的一種藝術創造工程。

義大利小說家伊泰洛‧卡爾維諾（1923～1985）在其〈形象的鮮明性〉一文中對小說中語言文字的作用有一段生動的詮釋，很能說明小說這種語言藝術的特質，可供參考：

總之，一切「現實」與「幻想」都只能透過文字才能獲得自己的形式。在文字之中，外部與內部、世界與我、經驗與幻想，都是由語言材料構成的；眼睛看到的形象與頭腦想像的形象，都包含在由大寫、小寫、句號、逗號、括號等組成的一行行文字之中；由排列得密密麻麻、整整齊齊的符號構成的書頁，代表了外部世界五光十色的景象。那一頁頁面積一樣、文字不同的書，就像沙洲上大風堆起的一個個沙包。

第六節　視角的運用

　　小說的視角，亦稱視點、敘事觀點，或逕稱「觀點」，是從英文View-point一字而來。它是小說表現的形式技巧之一。不同視角的運用，取決於呈現小說故事或人物的適當需求。視角有兩個義涵：一是故事由誰來講，通稱為敘事觀點；一是故事裡發生的事是誰所看到、所想到的，通稱為「見事觀點」。這兩樣又可以再細分，如「敘事觀點」可分為第一人稱、第二人稱、第三人稱觀點；「見事觀點」則可分為全知觀點、單一觀點；單一觀點又可以再分為自知觀點、旁知觀點等。再進一步分析，有些小說的人稱轉移變換，稱為「人稱迴轉」（羅盤語），可說是不一而足。大陸學者魏飴《小說鑑賞入門》僅分成第一人稱和第三人稱兩種；李喬《小說入門》則認為，有關視角的運用，總離不開以下幾個範圍：第一人稱、第三人稱單一觀點、全知觀點、其他特殊觀點，以及數種配合使用等。

　　為不使讀者對此一技巧的概念混淆起見，以下僅分成第一人稱觀點、第三人稱觀點、特殊觀點三項加以介紹。完全用第二人稱的小說極少，在此省略不談。

一、第一人稱觀點

　　第一人稱觀點又稱為「自傳體敘述」，以「我」為敘事主體，採用自敘口吻，優點是比較親切、真實、容易發揮，寫來得心應手。不過，

這裡的真實是「虛構的真實」。有些作者常把自己與小說中的「我」結合在一起，也因此被稱為「體驗派」觀點，因為接近真實（不能說完全真實），常被讀者對號入座，引來不必要的困擾。至於第一人稱是否一定較第三人稱「親切」，有人也持不同看法，如英國文學評論家喬納森‧雷班的《現代小說寫作技巧》一書中就寫道：「有人認為，用第一人稱敘述肯定會比用第三人稱敘述讀起來更『親切一些』，更易使讀者『進入情節』。我覺得這種看法是不值一駁的。我根據自己的經驗常常發現，即使我有時能較詳盡地描繪出某一本書裡的中心人物，但很難記住那本書到底是以第一人稱還是以第三人稱的。」雖然如此，第一人稱較容易在一開始拉近與讀者的距離，確是不爭的事實。

　　不少作家採用第一人稱寫法，是因為有其便利之處，除了拉近與讀者距離外，容易以「我」將許多線索串聯在一起，容易使作者進入作品中，利於敘述人物的內心世界等，這些優勢使第一人稱寫法廣受作者喜愛，作品數量也很多。如魯迅的〈狂人日記〉、〈祝福〉、〈在酒樓上〉等，都運用第一人稱觀點來敘述。以〈祝福〉為例：

> 傍晚，我竟聽到有些人聚在內室裡談話，彷彿議論什麼事似的，但不一會，說話聲也就止了，只有四叔且走而且高聲的說：「不早不遲，偏偏要在這時候，——這就可見是一個謬種！」
> 我先是詫異，接著是很不安，似乎這話於我有關係。試望門外，誰也沒有。好容易待到晚飯前他們的短工來沖茶，我才得了打聽消息的機會。
> 「剛才，四老爺和誰生氣呢？」我問。
> 「還不是和祥林嫂。」那短工簡捷的說。

「祥林嫂？怎麼了？」我又趕緊的問。

「死了。」

第一人稱有客觀視域的局限，也就是只能就自己的親身見聞來敘述，換言之，它不能如全知觀點一般都在掌控中，必須遷就小說中的「我」的見事觀點，沒見到的就不能寫，這是第一人稱的特性。〈祝福〉中的祥林嫂死了，但「我」不知道，只能向短工打聽。這不是缺點，而是一種敘述方式，它反而可以藉此從別人口中得到一些不同於自己看法的意見，從而增添可讀性，或者豐富人物的形象。若運用得宜，一樣具有很強烈的藝術效果。

二、第三人稱觀點

第三人稱觀點以「他」為主體。以第三者的身分說別人的故事，能知過去未來，被統稱為「全知全能」觀點。小說創作中的第三人稱敘述方式，是小說形式中運用最廣泛、歷史最悠久，也最被讀者熟悉的。傅騰霄《小說技巧》中說：「這種敘述方式的特點，就在於敘述者彷彿是『隱形人物』。他（或她）雖不在小說描繪的一切場合出現，但他（或她）卻無所不在，告訴讀者在這一切場合裡所發生的各種事件。」在小說世界裡，第三人稱是一種萬能手法，對於所描寫的人、事、時、地、物都可以不受限制，人物的外在事件與內心世界，也可以來去自如，有人就將這種全知性質稱之為「上帝觀點」。對創作者而言，這種方式十分便利，但與第一人稱相比，使讀者產生共鳴的親切性相對較弱。

再以魯迅的〈祝福〉為例。「我」對祥林嫂之死十分驚訝，進而感

慨、同情，但受限於第一人稱觀點，對祥林嫂悲苦的一生無法多著墨，於是，魯迅筆鋒一轉，以「然而先前所見所聞的她的半生事跡的斷片，至此也連成一片了」這一句話為轉折點，突然由第一人稱轉為第三人稱，也就是所謂的「人稱迴轉」，接下去才能對祥林嫂有較詳細的拼湊與刻畫：

> 她不是魯鎮人。有一年的冬初，四叔家裡要換女工，做中人的衛老婆子帶她進來了，頭上紮著白頭繩，烏裙，藍夾褲，月白背心，年紀大約二十六七，臉色青黃，但兩頰卻還是紅的。衛老婆子叫她祥林嫂，說是自己母家的鄰舍，死了當家人，所以出來做工了。四叔皺了皺眉，四嬸已經知道了他的意思，是在討厭她是一個寡婦。

時光可以倒回到祥林嫂初來的那一天，她身上的服飾、神情可以生動描述，連四叔的「心意」也可以道出，這就是第三人稱觀點。人物的內心，他人的反應，事件的前因後果，無一能逃「上帝的眼睛」。不過，第三人稱雖看起來隨心所欲，但其實埋伏照應，小說家的用心還是處處可見的。

三、特殊觀點

有些小說採用特殊角度來切入，稱為「特殊觀點」。它形式上使用的還是第一或第三人稱觀點，但卻以一些特殊、特定身分的立場、觀點來敘述，如幼童、鄉下人或精神異常者、妓女等。如林海音的《城南舊

事》，全書都以小孩「英子」的觀點來看大人的世界，因此有了特殊的觀察和體會，不僅與內容主題貼切，也使小說的生動性大大提高。小野的短篇〈斜塔與蜻蜓〉，描寫三名在聯考壓力下曾一起在「斜塔」中苦讀重考的好友：唐老鴨、硫酸銅與毛毛。硫酸銅終於考上臺南的一所大學，但毛毛卻發瘋了，而唐老鴨則繼續在準備他第三次的重考。小說就以唐老鴨的觀點來敘述，其中有不少他面對聯考陰影下的「胡思亂想」：

> 蜻蜓不見了。除了這些狼藉的書本，這附近就只我一個動物了，一條四肢著地鎖在籠裡的大狗熊，像毛毛被幽禁在神經病院裡一般：我們簡直同病相憐。去你的，這些貌似好人又不懷好意的參考書，我恨不得放一把火把你們這些偽君子燒成灰，把這些灰丟到臭水溝裡去餵孑孓。我最了解自己，因此我明年還是會失敗的：我一直在矇騙自己，其實我根本沒有一絲一毫的物理概念——我討厭物理我討厭「我討厭物理」我根本就討厭我自己，我和毛毛一樣都不是念理工的料子，可是我們都選了甲組……

毛毛瘋了，看來這許多歇斯底里的吶喊與妄想，也暗示著「我」的精神開始失常了。這篇小說以聯考失敗者為主人公，呈現出他們異常、扭曲、無助的徬徨心理，特殊觀點的運用頗為成功。

巴金的小說〈狗〉也是一篇既荒誕又真實的「變形」心理小說。他的觀點很特殊，忽人忽狗，形成極詭異的小說氛圍。這篇小說是描述二、三〇年代街頭上流浪的少年，無人照料的孤兒，乞討惹人厭，想像

一個「人」過日子都不可得，不如「那雙粉紅的腿」旁邊的「白毛小狗」。因此，他想變成一條狗，也不要空具「人形」卻過得連狗都不如：

> 有一天，我卻看見那雙腿的旁邊躺著一條白毛小狗，牠的臉緊偎著那雙腿，而且牠還沿著腿跑到上面去，我想：「這不一定人才可以呢！小狗也可以的。」這樣想著，我就向著那雙可愛的腿跑過去，還沒有跑到，不知從什麼地方來了一隻手抓住我往地上一推。
>
> 「你瞎了眼睛！」我只聽見這句話，便覺頭昏腦脹，眼睛裡有好多金星在跳，我睡倒在地上。……
>
> 現在我才明白了。我得意地以為自己是一條狗，或者狗一類的東西。現在我才知道我連做一條狗也不配。

後來，他向一些衣冠楚楚的「偉大的人」乞討，被人用腳踢開，且罵他是「狗」時，他的內心竟然高興起來，因為做一條狗總比「不人不狗」來得強：

> 我的手揉著傷痕，我的口裡反復地念著這個「狗」字。我終於回到了破廟裡。我忍住痛，在地上爬著。我搖著頭，我擺著屁股，我汪汪地叫。我覺得我是一條狗。我心裡很快活。我笑著，我流了眼淚地笑著。我明白我現在真是一條狗了。

這個流浪的孤兒終究不是一隻狗，而是「人不如狗」的低賤小孩。憤怒

與悲慘、屈辱緊緊纏繞著他，他只能以幻想來平衡自己。巴金的這篇作品，與魯迅的〈阿 Q 正傳〉有異曲同工之「痛」：揭露出舊社會的醜惡，也控訴中國在列強欺壓下的次等處境，寫得沈痛有力。特殊的觀點，使這篇作品有異於其他類似控訴之作，顯得格外鮮活，令人印象深刻。

　　小說的視角運用，是創作技巧之一，而所有的技巧都是以內容主題的發揮為依歸，無所謂好與壞，總以適合為要。最後，我要引大陸年輕小說家格非在《小說藝術面面觀》中的一段話作結，因為這段話指出了小說家應有的藝術修為，與小說這門藝術的深刻本質，值得所有小說創作者與欣賞者思索、體會：

　　　　就小說而言，寫作應是一種發現，一種勘探，更應是一種諦聽。
　　　　作家每時每刻都在諦聽著來自小說的聲音。實際上，寫作本身
　　　　不僅能夠幫助我們確立自身與世界的關係，而且能夠幫助我們
　　　　認識自己。如果一位作家始終認為他自己比小說高明，那他不
　　　　如乾脆放棄小說這個行當。

第四章

作家作品論

∞ 第一節　魯迅　郁達夫　老舍　沈從文 ∞

■ 一、魯迅：現代小說的奠基者

　　被稱為「中國新文學最偉大的小說家」，「開創了我國小說發展史上的新紀元」的魯迅，不論在小說的思想或藝術上，都有著突出的獨創性成就。在二十世紀中國現代小說史上，魯迅並不算多的短篇小說之作，早已樹立了一座令人至今仰望的豐碑。《亞洲週刊》於 1999 年所舉辦的「二十世紀中文小說一百強」選拔活動中，魯迅的《吶喊》獲得百年小說冠軍。何以在鑼鼓喧天、百家爭鳴的中國文壇，魯迅能脫穎而出，以「那枝五彩筆征服了眾多作家的驕傲，讓大家折服和沈默」（章海陵〈魯迅為何是世紀冠軍？〉）？我認為，評論家嚴家炎的看法堪稱一語中的：「中國現代小說在魯迅手中開始，又在魯迅手中成熟，這在歷史上是一種並不多見的現象。」開創與成熟，俱在魯迅一人，其小說家的大師地位應是無庸置疑的。

　　魯迅的小說集共有《吶喊》、《徬徨》、《故事新編》三本。由於《故事新編》主要是一部「神話、傳說及史實的演義」的總集，而非其原創構思之作，故此不論。一般評論魯迅小說成就者，也主要將焦點集中於《吶喊》和《徬徨》二書。《吶喊》收 1918 年至 1922 年所寫的十四篇小說，包括〈狂人日記〉、〈阿 Q 正傳〉、〈孔乙己〉、〈藥〉等。書名題作《吶喊》，是指他當時深受新文化運動的鼓舞，「吶喊幾

聲，聊以慰藉那在寂寞裡奔馳的勇士，使他不憚於前驅。」可見其奮起戰鬥的熱情懷抱。這與五四的時代精神是相呼應的。《徬徨》則收錄1924至1925年間創作的十一篇小說，包括〈祝福〉、〈傷逝〉、〈在酒樓上〉、〈肥皂〉等。時值五四退潮，新文化運動陣營也產生了歧見，這使他心情不免苦悶，也對中國社會問題進行更深沈的反省與思索。魯迅後來在〈題《徬徨》〉一詩中曾自道說：「寂寞新文苑，平安舊戰場。兩間餘一卒，荷戟獨徬徨。」雖然在心情上一積極熱情，一消沈冷卻，但這兩部著作不論在思想或藝術上仍有其相近的內在統一性。

在思想上，魯迅以其一貫戰鬥與匕首的強烈性格，以啟蒙者的姿態對當時的社會現實進行全方位的觀照，主要的表現有三：一是抨擊封建傳統的壓迫性；二是暴露落後愚昧的國民性；三是刻畫知識分子的虛偽性。至於〈狂人日記〉中對封建禮教「吃人」本質的揭示，則可以視為其小說的總主題。在小說藝術創新上，按孔範今編《二十世紀中國文學史》的說法，也主要有以下三點的表現：一、最先打破了古典小說以人物彼此之間的故事為中心情節的模式，開創了以塑造人物、表現思想情感為意圖的小說模式，自由安排情節；二、在結構形式上，打破了古典小說按縱向時間敘述的方式、單一的第三人稱自由地組織結構，運用順敘、倒敘和插敘，自由選擇第一人稱與第三人稱，在敘事的同時，心理刻畫與外部描寫有機結合；三、將現實主義的典型化特徵應用於小說創作，並注意與其他創作方法的融合，創造了獨具特色的現代小說文體。

以〈狂人日記〉這篇中國新文學史上第一篇現代意義的白話小說為例，魯迅即藉狂人之口，表達了對愚妄封建思想的本質洞察：「我翻開歷史一查，這歷史沒有年代，歪歪斜斜的每頁上都寫著『仁義道德』幾個字。我橫豎睡不著，仔細看了半夜，才從字縫裡看出字來，滿本都寫

著兩個字是『吃人』！」尖銳地揭露了中國幾千年封建禮教的罪惡本質。小說中的結尾也啟人深省：「沒有吃過人的孩子，或者還有？救救孩子⋯⋯」這聲吶喊，澈底表現出魯迅向封建主義宣戰的決心，以及不向舊勢力妥協的改革精神。從藝術表現技巧來看，這篇小說則明顯地具有「心理小說」的特徵，全篇以狂人的口吻傳達其思想、感覺，大量運用雙關、比喻、象徵等手法，寫活了一個「迫害狂」患者的心理狀態，如其中的一段敘述：

> 早上，我靜坐了一會。陳老五送進飯來，一碗菜，一碗蒸魚；
> 這魚的眼睛，白而且硬，張著嘴，同那一夥想吃人的人一樣。
> 吃了幾筷，滑溜溜的不知是魚是人，便把他兜肚連腸的吐出。

類此的象徵性描畫不少，魯迅故意使用語無倫次的荒唐之言，異於常人的舉止、想法，成功塑造了狂人的藝術形象，而這又與其表達的主題緊密結合。如此一來，這篇現代小說的開山之作，不僅有其歷史地位，同時也具備了藝術價值。《吶喊》與《徬徨》中的短篇小說，幾乎篇篇精彩，這也就難怪魯迅會被尊為一代文壇巨擘了。

■ 二、郁達夫：自敘傳小說體的實踐者

魯迅發表於 1918 年的〈狂人日記〉是新文學的第一聲春雷，但第一部出版的小說集，卻是郁達夫於 1921 年出版的《沈淪》。這部小說集一問世，即因其取材及描寫的大膽而轟動一時，郁達夫也因此躍上文壇，深受矚目。

　　1921年，郁達夫與郭沫若、成仿吾等人一起在東京組織成立「創造社」，這是我國成立最早、影響最大的文學社團之一，而郁達夫可說是創造社中最具代表性的作家，《沈淪》則被視為他最具代表性的小說作品。由於內容的特殊大膽，出版後毀譽參半，貶之者怒責其「誨淫」，譽之者稱其建立起「自敘傳」小說新體式，抒發了青年苦悶的心聲，「吹醒了當時的無數青年的心」（郭沫若），是「一件藝術的作品」（周作人）。不論如何，《沈淪》一出，郁達夫即已寫進了五四新文學史，也為他此後譜下的文學傳奇揭開了第一頁。

　　《沈淪》的情節圍繞在一位留日學生「他」的種種痛苦的情緒上。由於當時中國的國勢不振，「他」在日本受到歧視，加上青春期的愛情渴求得不到滿足，使「他」像一隻失群的孤雁，一步步走進自己營造的陰暗深淵，各種變態、病態、自我戕傷的方式，多愁善感、自卑多疑的憂鬱心理，一一在郁達夫如散文式的感傷抒情基調中呈現，堪稱是一部抒情體的心理小說。例如小說一開頭寫著：「他近來覺得孤冷得可憐。他的早熟的性情，竟把他擠到與世人絕不相容的境地去，世人與他的中間介在的那一道屏障，愈築愈高了。」這種日漸疏離的孤絕感，使他不斷地逃避。在學校，他「覺得他的日本同學都似在那裡排斥他」；在旅館，他愛上為他送飯鋪被的旅館主人的女兒，因為偷看她在浴室洗澡被發覺，第二天早晨，趁主人和他的女兒還沒起床，「就同逃也似的出了那個旅館，跑到外面來」。

　　逃到山上梅園，又「無意間」看到一對男女在草叢中幽會，「忽然聽見兩人的嘴唇，灼灼的好像在那裡吮吸的樣子，他同偷了食的野狗一樣，就驚心吊膽的把身子屈倒去聽了。」然後，他又繼續漫無頭緒地跳上電車，隨意亂走，竟走到了「賣酒食的人家」，「這樣的地方，總有

妓女在那裡的。一想到這裡，他的精神就抖擻起來。」事後，我們卻看到了「他」的自責：

> 我怎麼會走上那樣的地方去的？我已經變了一個最下等的人了。
> 悔也無及，悔也無及。我就在這裡死了罷。我所求的愛情，大
> 約是求不到的了。沒有愛情的生涯，豈不同死灰一樣麼？唉，
> 這乾燥的生涯，這乾燥的生涯，世上的人又都在那裡仇視我，
> 欺侮我，……我將何以為生，我又何必生存在這多苦的世界裡
> 呢！

就是這種矛盾、絕望與不平，導致最後「他」以投海自盡的方式結束痛苦而短暫的一生。在投海前的悲憤吶喊：「祖國呀祖國！我的死是你害我的！你快富起來！強起來罷！你還有許多兒女在那裡受苦呢！」則流露出郁達夫對日本帝國主義式的民族歧視不滿的控訴，以及希冀中國富強的強烈願望，這使《沈淪》也染上了愛國主義的色彩。但是，郁達夫真正要表達的還是對人性解放的追求及被現實生活遺棄的「零餘者」（多餘的人）的悲哀。他在《沈淪‧自序》中曾經說過：

> 《沈淪》是描寫著一個病態青年的心理，也可以說是青年憂鬱
> 病的解剖，裡邊也帶敘著現代人的苦悶——便是性的要求與靈
> 肉的衝突。

從性的苦悶到生的苦悶，郁達夫以感傷但真誠的筆調，勇敢地剖析、暴露自己，這與五四時期重視個性主義與自我表現的趨勢完全吻合，也是

創造社作家群共同主張的「表現自我」創作理念的實踐。

　　郁達夫留學日本，深受日本作家田山花袋、德田秋聲、志賀直哉等人掀起的「私小說」寫作形式的影響。可以說，創造社作家群沒有不受「私小說」影響的。郁達夫就曾翻譯田山花袋的小說《棉被》出版。「私」在日文中是「我」的意思，「私小說」也被譯為「自我小說」，它是以作家自身的懺悔告白為書寫對象，大膽刻畫靈與肉的衝突，帶有明顯的「自敘傳」性質。《沈淪》可說是「私小說」的正宗之作。這與郁達夫一生服膺法國小說家法朗士（Anatole France, 1844～1924）的主張：「一切文學作品都是作家的自敘傳」有關，所以他的小說多帶有「自敘傳」的色彩，小說中的「我」基本上即是作者自己身影的投射，郁達夫個人的生活經驗、情感態度、精神氣質、審美趣味等等，直接浸透在小說主人公的身上。也因此，郁達夫特別偏愛第一人稱敘事觀點，在他全部五十多篇小說中，採用第一人稱的就有四十多篇。

　　郁達夫這種以「自我表現」為中心的自敘傳小說，成為他鮮明的藝術特徵與小說風格，一時流行，也影響了後代許多作家。丁玲的名篇〈莎菲女士的日記〉即是一篇「神似」之作，兩者堪稱現代小說史上「自敘傳」小說型態相互輝映的雙璧。

三、老舍：洋溢北京味的語言大師

　　毫無疑問的，1936 年出版的《駱駝祥子》一書，是老舍小說藝術表現的最高峰。正如他自己所言，此書是「作職業寫家的第一炮」。老舍一生創作的基本主題有二：一是對傳統民族文化的反思、批判；一是對平民社會現象與人物的關注、反映。不論出之以熱辣的直描，還是帶諷

刺的幽默，老舍總能以其獨特的北京口語，寫出一篇篇膾炙人口、具思想高度與藝術深度的佳構。《駱駝祥子》就是他同情下層貧苦民眾、揭示社會黑暗、投注深刻情感的代表作。

　　《駱駝祥子》的中心人物祥子，是一個由農村流落都市的人力車夫，他一心向上，勤苦耐勞，立志要買一輛屬於自己的車，卻不斷遭遇折磨與打擊。當他經過三年努力，用血汗換來一輛洋車時，他覺得人生充滿了希望，但不久軍閥的亂兵搶走了他的新車。這是他生命中的第一次起落。他沒有喪志，憑著一股倔勁，早出晚歸，不賭不嫖，只想著再買一輛車。天性善良、不向命運低頭的形象，真是生動而感人。但積攢了幾十元錢後，又被特務洗劫一空。這對他又是一次打擊，雖然不甘失敗，但已漸感社會之黑暗，在惡勢力之下，個人的努力與老實的性格似乎改變不了悲苦的命運。此時，車行老闆劉四的女兒虎妞乘虛而入，誘騙祥子結婚，虎妞的複雜心機與祥子的單純形成強烈對比。在虎妞的經濟資助下，祥子又買了一輛車，生活似乎有了轉機，但不久虎妞難產死去，為葬妻不得不賣車。這是祥子一生中第二次的起落。

　　虎妞死後，美麗善良的小福子的愛情帶給祥子重新振作與奮鬥的勇氣，但無情的命運始終沒放過祥子，一無所有的祥子因無力養活她的老父幼弟，而無法娶回小福子，小福子則被迫淪為娼妓，終不甘忍受屈辱含恨自縊。這是祥子一生第三次的起落，也是對傷痕累累的落難者最沈重的打擊。殘酷的現實扭曲了他的性情，他澈底絕望了，從此自甘墮落，耍奸使壞，染上煙、酒、嫖、賭的惡習，形容猥瑣，宛如行屍走肉。昔日「體面的，要強的，好夢想的，利己的，個人的，健壯的，偉大的」祥子，成了「墮落的，自私的，不幸的社會病胎裡的產兒，個人主義的末路鬼！」最後，染上惡疾，無法工作，流落街頭，聊度殘生。

祥子的悲劇，血淚交織；祥子的形象，躍然紙上。難怪老舍於1937年寫完時，會告訴連載的《宇宙風》雜誌的編輯：「這是一本最使我自己滿意的作品。」

《駱駝祥子》的主要藝術成就有二：一是人物典型的成功塑造；一是京味語言的老練生動。在人物方面，老舍抓住了各個人物的性格，劉四爺的精明強悍、虎妞的專橫難纏、小福子的潦倒不堪、祥子的善良與墮落等，出之以細膩豐富的描寫手法，刻鏤出人物的深層心理，說明了他不愧是個高超的人物靈魂解剖師。老舍認為創造人物是「小說家的第一任務」，從他筆下眾多出色的人物塑造來看，此言確實不虛。至於老舍最拿手的語言功夫，在《駱駝祥子》中也有淋漓盡致的表現。例如其中有位潦倒老車夫對祥子說的一段話，即是原味的京腔：

> 告訴你，我不定哪天就凍死，我算是明白了，幹苦活兒的打算獨自一個人混好，比登天還難。一個人能有什麼蹦兒？看見過螞蚱吧？獨自一個兒也蹦得怪遠的，可是教個小孩子逮住，用線兒栓上，連飛也飛不起來。趕到成了群，打成陣，哼，一陣就把整頃的莊稼吃淨，誰也沒法兒治牠們！你說是不是？我的心眼倒好呢，連個小孫子都守不住。他病了，我沒錢給他買好藥，眼看著他死在我的懷裡！甭說了，什麼也甭說了！茶來！誰喝碗熱的？

這種來自生活的鮮活語言，經他加工提煉，準確傳神地刻畫北平下層社會民眾的言談心理。又如用「挺脫」、「硬棒」形容祥子身體，以「老實巴焦」稱讚祥子性格，寫劉四爺是個「放屁崩坑兒的人」等，就是取

自北平人的口語。身為北京人的老舍，堅信「從生活中找語言」，「從現成話裡掏東西」，才會「把白話的真正香味燒出來」，而在他的小說作品中洋溢著「響脆曉暢，俗不傷雅」的京味兒。《駱駝祥子》正是人物與語言自然融合的精湛表現，稱得上是京味小說的經典之作了。

▌四、沈從文：讚詠人性美的邊城巨匠

在「二十世紀中文小說一百強」中排名第二的《邊城》，是沈從文小說的代表作。三〇年代是這位來自湘西、行伍出身的作家大展身手的年代，他一生中的三十多部集子大都出於這個時期，其中又以 1934 年出版的中篇小說《邊城》被視為他小說藝術成熟的標誌。1949 年之後，小說家沈從文轉向從事文物研究，以《中國古代服飾研究》、《中國絲綢圖案》等書馳譽學界，成為學者沈從文了。

《邊城》寫的是一個平常的三角戀愛的故事。湘西茶峒掌水碼頭的船總順順的兩個兒子──哥哥天保與弟弟儺送，同時愛上了擺渡船的老船夫之孫女翠翠，但翠翠鍾情於儺送。天保誠心地派人來說媒，祖父不知翠翠的心事。此時，王團總也看上了儺送，願以碾坊為陪嫁與船總結為親家，但儺送並不為所動。兩兄弟相約以歌唱爭取翠翠的心，但哥哥自知不敵弟弟，也為了成全弟弟，負氣出外闖灘，不幸淹死。儺送因哥哥之死自責不已，也不願另結王團總家親事，選擇駕船出走。船總順順與老船夫之間因此有了一些誤會，而老船夫也覺得此事弄巧成拙，心中鬱悶，於一雷雨之夜去世，留下了孤獨的翠翠。翠翠守著渡船，深情地等待著儺送的歸來：「這個人也許永遠不回來了，也許明天回來！」

故事本身並無高潮迭起的情節，也不是刻畫現實的磅礴之作，戀愛

的結果如何，並不是沈從文著意關心的主題，他真正要表現的是，邊城人民健康、優美和質樸的人性愛、人情美。茶峒的青山綠水，邊城如世外桃源般的淳樸民風、自然不雕琢的風光，配上溫柔恬靜、天真善良的翠翠，古樸厚道的老船夫，深情有義的儺送，豁達大度的天保，慷慨豪情的船總順順等人，組構成一幅優美迷人的湘西人性畫。而且，沈從文筆下飽滿含情，寫人細膩，描景出色，語言精練而簡潔，這使得小說從頭至尾宛如一首歌詠人情之美的抒情詩。如以下一段的描寫即情景交融，頗為出色：

> 黃昏來時，翠翠坐在家中屋後白塔下，看天空被夕陽烘成桃花色的薄雲。十四中寨逢場，城中生意人過中寨收買山貨的很多，過渡人也特別多。祖父在溪中渡船上，忙個不息，天已快夜，別的雀子似乎都休息了，只杜鵑叫個不息，石頭泥土為白日曬了一整天，草木為白日曬了一整天，到這時節各放散出一種熱氣。空氣中有泥土氣味，有草木氣味，還有各種甲蟲類氣味。翠翠看天上的紅雲，聽著渡口飄來那生意人的雜亂聲音，心中有些兒薄薄的淒涼。

語言的柔韌淡雅，清通爽利，充滿著生命流動的韻致。這「薄薄的淒涼」氣氛，也始終圍繞著故事的發展，令人喟嘆，令人低迴。

在《從文小說習作選・代序》中，沈從文對《邊城》的主旨有所說明：「我要表現的本是一種『人生的形式』，一種『優美，健康，自然而又不悖乎人性的人生形式』。我主意不在領導讀者去桃源旅行，卻想借重桃源上行七百里路酉水流域一個小城小市中幾個愚夫俗子，被一件

普通人事牽連在一處時，各人應有的一份哀樂，為人類『愛』字做一度恰如其分的說明。」優美的人性，健康的愛，富意境畫面的自然剪接，沈從文「不著痕跡，輕輕的幾筆，就把一個景色的神髓，或者是人類微妙的感情脈絡勾畫出來」（夏志清《中國現代小說史》）。這種田園詩的牧歌情調，使《邊城》成了「一顆千古不磨的珠玉」（李健吾《咀華集》）。

　　如詩之愛，如畫之美，這位來自湘西邊城的文學才子，以其擅寫人性的抒情筆調，感動了無數讀者，也使他筆下的人物至今鮮活地烙印在現代小說史的長卷中。

∞ 第二節　巴金　錢鍾書　蕭紅　張愛玲 ∞

■一、巴金：迎向社會激流的文藝戰士

　　巴金的小說具有鮮明的社會寫實風格，這在他的中、長篇小說《愛情三部曲》、《激流三部曲》、《抗戰三部曲》以及《寒夜》等作品中可以清楚看到，也因此，巴金成為現代文學史上有巨大成就的現實主義作家群中的佼佼者。而在他產量眾多的小說中，《家》無疑的是巴金影響最大、也最被讀者稱道的一部作品。

　　《家》為《激流三部曲》中的首部（另兩部為《春》、《秋》），巴金寫來情緒激昂，思想銳利，架構龐大，人物突出，他自己曾說：「一直到我寫了《家》，我的『積憤』，我對於不合理制度的『積憤』

才有機會吐露出來。」這種向傳統封建制度宣戰的姿態與決心,與魯迅的精神是一致的。巴金說過:「我不是一個藝術家」(〈生之懺悔〉);李健吾在《咀華集》中也提到:「巴金先生不是一個熱情的藝術家,而是一個熱情的戰士。」從這個角度來看,《家》是一道衝擊舊制度的奔騰激流,而巴金則是在激流中奮戰不懈的文藝鬥士了。

《家》寫五四時期發生在成都一個封建大家族內部新舊衝突的悲劇。傳統舊制度在垂死邊緣掙扎,卻壓抑著年輕生命的開展。而深受革命潮流所吸引的青年一代,則在覺醒、爭取的過程中,付出代價,也找到出路。這是一段悲壯、史詩般的歷程。所謂「家即社會」,巴金寫一個家庭的黑暗、虛偽、腐敗、分崩離析,其實是將它視為整個社會的縮影來寫,企圖反映出新舊世紀之交的中國社會實況。小說主要是透過高家第三代三兄弟的婚姻愛情與封建宗法制度的衝突,把高家眾多的人事糾葛組構成一個嚴謹的藝術整體。

小說人物可分三個類型:一是專制的統治者,高老太爺即是最佳代表。在高家,他的話就如聖旨般不得違逆,極端仇視新文化、新思想,高家的悲劇,基本上是由他一手造成,如婢女鳴鳳的投湖自盡,是因被他逼迫要嫁給行將就木的孔教會會長馮樂山做妾;後又逼使丫鬟婉兒代替鳴鳳,葬送其青春;自己滿嘴仁義道德,卻男盜女娼,無所不為。此外,如第二代的克明、克安、克定三兄弟,則花天酒地,吃喝嫖賭,偷字畫,賣家產,十足的敗家子。第二類的人物是專制下的犧牲者,如瑞珏、梅、鳴鳳等女性都是。瑞珏難產而死,梅悒鬱病故,至於覺新,身為長房長孫,雖受五四新思想洗禮,卻背負家族枷鎖,在矛盾中進退兩難,也是舊禮教的犧牲者。至於第三類人物是舊禮教的反叛者,也是新思想的覺醒者。覺慧在小說中代表的就是不滿虛偽、腐敗的新生力量。

在覺新、覺民、覺慧三個年輕人身上，覺新雖有覺悟，卻猶疑不前；覺民、覺慧則大步向前，摧毀了這個家，也新生了一個希望。

在高家這個「黑暗王國」裡，覺慧是光明、熱情的象徵，他聲稱「我要做一個叛徒」，愛上婢女鳴鳳，積極參加學生運動，甚至敢於公然反抗高老太爺的命令，撕毀《劉芷唐先生教孝戒淫淺訓》一書，完全是作者理想、熱情的化身。巴金說：「我要反抗這個命運」，「我所憎恨的並不是個人，而是制度。」覺慧這個人物即扮演著向不合理制度勇敢反抗的革命者，他批判專制制度的罪惡，也以逃離家庭、走向革命的實際行動，宣示了舊制度必然崩潰的歷史規律。因此，有人說《家》是一部二十世紀的《紅樓夢》；論者唐翼明更明確指出：「在了解中國傳統社會中大家族制度從衰落走向崩潰的歷史這一點上，《激流三部曲》是繼《紅樓夢》之後最有閱讀價值的小說。」

《家》在文字藝術上也取得了極高的成就，酣暢淋漓，飽含激情，甚具動人心弦的感染力。巴金善於藉人物的言行舉止來呈現其性格，也精於刻畫人物的心理活動，如鳴鳳投湖自盡前內心痛苦的獨白片段：

> 世界是這樣靜。人們都睡著了。然而他們都活著。所有的人都活著，只有她一個人就要死了。過去十七年中她所能夠記憶的是打罵，流眼淚，服侍別人，此外便是她現在所要身殉的愛。在生活裡她享受的比別人少，而現在在這樣輕的年紀，她就要最先離開這個世界了。明天，所有的人都有明天，然而在她的面前卻橫著一片黑暗，那一片、一片接連著一直到無窮的黑暗，在那裡是沒有明天的。是的，她的生活裡是永遠沒有明天的。

對這個黑暗大家庭的控訴，字字泣血，令人一掬同情之淚。最後的結局喻意深刻，可見出巴金卓越的描寫技巧：

> 最後她懶洋洋地站起來，用極其溫柔而淒楚的聲音叫了兩聲：
> 「三少爺，覺慧。」便縱身往湖裡一跳。
> 平靜的水面被擾亂了，湖裡起了大的響聲，蕩漾在靜夜的空氣
> 中許久不散。接著水面上又發出了兩三聲哀叫，這叫聲雖然很
> 低，但是它的悽慘的餘音已經滲透了整個黑夜。不久，水面在
> 經過劇烈的騷動之後又恢復了平靜。只是空氣裡還瀰漫著哀叫
> 的餘音，好像整個的花園都在低聲哭了。

鳴鳳的哀叫聲，代表了無數在禮教下犧牲者的吶喊。這湖水是封建傳統，黑夜則是象徵黑暗的歷史與社會，鳴鳳之死，對高氏家族而言，只是「騷動之後又恢復了平靜」，無言的抨擊是如此深沈有力，令人動容。

巴金在關於《家》的一篇序言中說：「我要寫一部《家》來作為我們這一代青年的呼籲，我要為那過去無數無名的犧牲者喊一聲冤！我要從惡魔的爪牙下救出那些失掉了青春的少年。」作為巴金的第一部長篇小說，也是他最負盛名的代表作，《家》以其充沛的寫實精神、豐富的思想內涵與出色的藝術勾勒，打動了數代讀者的心靈，也成為新文學史上的一個里程碑。

▋二、錢鍾書：寫在人生邊上的諷世奇才

　　錢鍾書的文藝作品，從數量上看並不算多，主要有短篇小說集《人
‧獸‧鬼》，長篇小說《圍城》和散文集《寫在人生邊上》，但其學術
著作卻質量均可觀，主要有《談藝錄》、《管錐篇》、《七綴集》等。
在《寫在人生邊上》的序言中，錢鍾書提出「人生是一部大書」的看
法，認為作家「只能算是書評家」，這部散文集「只能算是寫在人生邊
上的」。這種態度，使錢鍾書始終能以自由灑脫的心情，對人生採取理
性旁觀的角度，對世事以幽默、諷刺的手法呈現，看來不慍不火，從容
自在，但骨子裡卻又有其極富匠心的細密觀察與感受。他出入於人生與
創作之間，成就出了《圍城》這部「新儒林外史」式的諷刺文學代表
作，震驚了四〇年代末的中國文壇。

　　要解讀《圍城》一書，不能不提全書的中心象徵「圍城」。小說中
由號稱哲學家的褚慎明引用一句英國古話：「結婚彷彿金漆的鳥籠，籠
子外面的鳥想住進去，籠內的鳥想飛出來。所以結而離，離而結，沒有
了局。」接著又藉蘇文紈之口引申道：「法國也有這末一句話。不過，
不說是鳥籠，說是被圍困的城堡，城外的人想衝進去，城裡的人想逃出
來。」而小說的主人公方鴻漸，在經歷了一連串起伏的遭遇後，終於也
悟出「人生就是圍城」的道理。

　　《圍城》採用遊記式結構，敘述主角方鴻漸留歐返國後兩年多，周
旋於多位女子之間的情感遭遇。戀愛、婚姻，家庭與事業之間的複雜衝
突，以方鴻漸為中心展開。從巴黎、上海、三閭大學到香港，最後回到
上海，穿插著鮑小姐、蘇文紈、唐曉芙、孫柔嘉等女子與趙辛楣、曹元

朗、方鴻漸等人之間的多角感情。方鴻漸從失戀時離開上海，到結了婚回到上海，又與孫柔嘉在上海離婚，他恰好經歷了一場婚姻的連環套。錢鍾書深入且細膩地把握住這些人的心理，寫出了人生的真實切面。這種以主人公東奔西跑的遊記結構所呈現的小說敘述模式，夏志清指出：「《圍城》稱得上是『浪蕩漢』的喜劇旅程錄」，有十八世紀英國「浪蕩漢小說」的風險味道。

錢鍾書經營這部小說的高明處，不在主題的張揚，也不在結構的安排，而主要是對人性的剖析與語言藝術的錘鍊。人性上是諷刺，語言上是幽默，二者相合，形成《圍城》獨特的風貌。例如描寫方鴻漸要出國留學拿個洋博士好榮歸故里的一段：

> 方鴻漸受到（父親和岳父）兩面夾攻，才知道留學文憑的重要。這一張文憑，彷彿有亞當、夏娃下身那片樹葉的功用，可以遮羞包醜；小小一方紙能把一個人的空疏、寡陋、愚笨都掩蓋起來。自己沒有文憑，好像精神上赤條條的，沒有包裹。

有趣的是，方鴻漸的博士文憑是花錢買來的，對此，他有一段令人發噱的自我安慰：

> 父親和丈人希望自己是個博士，做兒子女婿的人好意思教他們失望麼？買張文憑去哄他們，好比前清時代花錢捐個官，或英國殖民地商人向帝國府庫報效幾萬鎊換個爵士頭銜，光耀門楣，也是孝子賢婿應有的承歡養志。

將方鴻漸等人崇洋媚外的心理諷刺得一針見血。錢鍾書在《圍城‧序》中說：「在這本書裡，我想寫現代中國某一部分社會，某一類人物。」由於小說中主要寫的都是學界中人，有哲學家、教育家、詩人、博士、老學究等，許多人譽其為「學人小說」，將知識分子階層表裡不一、勾心鬥角、爾虞我詐的「怪現狀」痛加摘發，令人拍案。加上錢鍾書的學識廣博，古今中外的警句妙喻，隨手拈來，自成一充滿機智、幽默的諷刺風格，更增添其可讀性。夏志清稱讚此書「是中國近代文學中最有趣和最用心經營的小說，可能亦是最偉大的一部」，雖然有些過譽，但也可以看出《圍城》的文學價值與歷史地位是不容忽視的。

三、蕭紅：生死場上跋涉的孤影

　　一生坎坷多折、滄桑歷盡的才女蕭紅（1911～1942），年僅三十一歲孤獨地病歿於異地香港，永遠回不去她心中繫念的東北原鄉，那呼蘭河畔的霞光，也永遠成為她逝去的記憶，難言的遺憾。而對才高命薄的蕭紅來說，更大的遺憾應該是許多未完成的文學夢想，她臨終的不平悲訴：「一身先死，不甘！不甘！」不僅是哀念自己盡遭白眼冷遇的不幸身世，也是對才華未竟的失落與吶喊。從 1933 年開始文學創作，她的文學生涯不到十年，但卻發表了六十餘萬字的作品，長篇小說《呼蘭河傳》、《馬伯樂》，中篇小說《生死場》，短篇小說集《牛車上》、《曠野的呼喊》，以及散文集《商市街》等，都是蜚聲文壇、膾炙人口之作，這也就難怪著名的文學評論家胡風會忍不住在另一位同為東北籍作家蕭軍的面前誇讚蕭紅說：「她在創作才能上可比你高，她寫的都是生活，她的人物是從生活裡提煉出來的，活的。……你是以用功和刻

苦,達到藝術的高度,而她可是憑個人的天才和感覺在創作。」魯迅三〇年代也曾在一次與埃德加‧斯諾的談話中說:「蕭紅是最有前途的女作家,看來她有可能接替丁玲女士,正如丁玲接替了冰心女士。」

蕭紅確實是才華洋溢的。原名張迺瑩的她,幼年喪母,父親暴戾,童年少歡,後來在婚姻上雖勇於追求,但卻多有不幸,加上戰爭中輾轉遷徙,病痛纏身,在如此惡劣的環境中,她卻仍能對人生的溫暖與愛懷抱著永久的憧憬與希望,透過文學作品執著地探索生命的真義、人間的真相,以其如詩的彩筆為我們留下一部部既有她個人真摯抒情,又有時代風雲寫實的佳構。《生死場》就是她以「蕭紅」為筆名的第一部作品,也是她在魯迅提攜下躍上文壇的代表作。這部中篇小說以淪陷前後的東北農村為背景,寫東北人民在日本侵略者燒殺擄掠下的亡國之恨,以及救亡圖存的覺醒與抗爭,她把這一片充斥血與火的土地喻為「生死場」,形象突出,對日軍的殘暴、人民的痛苦進行了血淚的控訴,無情的揭露,魯迅在為此書寫的序言中就稱讚它「力透紙背」地表現出「北方人民對於生的堅強,對於死的掙扎」,此書出版後,引起讀者強烈迴響。1940年底完成於香港的《呼蘭河傳》,一般論者均認為是蕭紅文學的代表作,全書共七章,以回憶兒時見聞為素材,描繪北方中國呼蘭河畔一個偏僻小城的風土人情,她懷著深沈的故鄉情感,寫出小城人們在精神上的落後、愚昧與麻木,與小城陰暗單調的生活氛圍相呼應,使作品籠罩著低沈憂鬱的淡淡哀愁。這部帶有自傳性質的小說也可說是蕭紅小說藝術日趨成熟之作,流露出濃郁的東北地方色彩,如放河燈、娘娘廟會、跳大神等,寓情於景,寫得清麗動人,富有詩意畫境,抒情寫實的藝術魅力使茅盾稱許它是「一篇敘事詩,一幅多彩的風土畫,一串悽婉的歌謠」。例如最末一章寫馮歪嘴子和王大姐這對苦命夫妻被殘酷的

生活現實折磨以及頑強的生命力，其實就是我們民族百姓受苦受難卻堅
韌奮進的一個縮影，蕭紅雖對筆下人物飽含情感，但寫來雲淡風輕，簡
單的勾勒，準確的詞語，反給人更深重的情感想像，如對王大姐之死的
描繪：

> 七月一過去，八月烏鴉就來了。⋯⋯
>
> 八月的天空是靜悄悄的，一絲不掛。六月的黑雲，七月的紅雲，
> 都沒有了。一進了八月，雨也沒有了，風也沒有了。白天就是
> 黃金的太陽，夜晚就是雪白的月亮。
>
> 天氣有些寒了，人們都穿起夾衣來。
>
> 晚飯之後，乘涼的人沒有了。院子裡顯得冷清寂寞了許多。
>
> 雞鴨都上架去了，豬也進了豬欄，狗也進了狗窩。院子裡的蒿
> 草，因為沒有風，就都一動不動地站著，因為沒有雲，大昴星
> 一出來就亮得和一盞小燈似的了。
>
> 在這樣的一個夜裡，馮歪嘴子的女人死了。第二天早晨，正遇
> 著烏鴉的時候，就給馮歪嘴子的女人送殯了。

沒有控訴的激情，也沒有氾濫的感傷，看似淡淡寫來，卻又有一腔憤懣
之情滲透在字裡行間，正如茅盾說的是「悽婉的歌謠」。

從《生死場》到《呼蘭河傳》，蕭紅的創作風格漸有轉變，批判寫
實的力度減少了，抒情寫實的分量更強化了，也就是從「用鋼戟向晴空
一揮似的筆觸」（胡風〈生死場讀後記〉）轉向「敘事詩」、「風土
畫」，她的小說散文化、抒情詩化、繪畫化的風格愈顯鮮明，這種女性
特有的細膩觀察與抒情筆調，構成了蕭紅文學藝術的特色，因此，蕭紅

的小說可稱為詩意化的小說。這種風格是蕭紅有意的追求，她不強求完整的情節安排，也不以人物性格來嚴格組織架構，而往往是以情感的起伏來貫穿故事，流瀉自然，感人肺腑。茅盾在〈《呼蘭河傳》序〉中就說，蕭紅的小說「不像是一部嚴格意義的小說」，但卻「比『像』一部小說更為誘人」。不管是短篇或長篇，蕭紅都善於情景交融、詩情畫意、深刻抒情的手法表現，並以此為我們刻畫出許多鮮活的人物形象和動人的畫面，以短篇〈手〉為例，寫鄉下來的女學生王亞明因家中染布而染成一雙「藍的，黑的，又好像紫的」手，而被同學視為怪物，不斷遭受歧視、排擠的不幸經歷。因為家貧又天資不高，王亞明抓緊每一個學習的機會，即使沒有同學願意和她同寢室而不得不睡在走廊，即使受盡人們的嘲笑與責難，即使到期末考試時校長不讓她參加，認為她反正不可能及格而要她提前離校，她都一貫地努力學習，堅持到最後一刻，表現出忍辱負重、自愛自尊的可貴品格，也更襯顯出不合理、不平等教育制度下小人物的悲劇。小說中有一段描寫王亞明因苦學而身體漸差的寂寞身影十分令人同情：

> 我們在跑在跳，和群鳥似的在噪雜。帶著糖質的空氣瀰漫著我們，從樹梢上面吹下來的風混合著嫩芽的香味。被冬天枷鎖了的靈魂和被束掩的棉花一樣舒展開來。
> 正當早操剛收場的時候，忽然聽到樓窗口有人在招呼什麼，那聲音被空氣負載著向天空響去似的：
> 「好和暖的太陽！你們熱了吧？你們……」在抽芽的楊樹後面，那窗口站著王亞明。
> 等楊樹已經長了綠葉，滿院結成了蔭影的時候，王亞明卻漸漸

變成了乾縮，眼睛的邊緣發著綠色，耳朵也似乎薄了一些，至於她的肩頭一點也不再顯出蠻野和強壯。當她偶然出現在樹蔭下，那開始陷下的胸部使我立刻從她想到了生肺病的人。

以嫩芽、香味、群鳥噪雜、糖質的空氣、和暖的太陽、綠葉等富有生命力與喜悅象徵的外在事物，來和王亞明寂寞的內心與削瘦的身軀做對比，景物愈美，人物的處境愈艱困，蕭紅以這樣既寫實又抒情、既清婉又濃重的文筆，給讀者一個逼真的人物形象，使人不禁對其悲慘遭遇感同身受。可以說，蕭紅是以充滿真情、美好的筆來寫這個醜惡、虛假的現實世界，特別是對一些不幸的婦女，她總是投注著極大的同情來加以刻畫，因而塑造了一系列可敬又可嘆的女性人物，例如〈橋〉中的黃良子、〈牛車上〉的五雲嫂、〈小城三月〉中的翠姨、〈手〉中的王亞明、《生死場》中的金枝等，從這些不幸女性的遭遇與痛苦中，我們彷彿也看到了蕭紅自己的悲慘際遇。

　　蕭紅的文學觀深受魯迅的啟迪，其作品也多半遵循著現實主義的精神，和魯迅不同的是，她的作品中更多了女性特有的細膩及主觀的抒情，現代文學評論家楊義的說法應該是公允的評價：「她那種才華橫溢、不拘格套、其清如水、其味如詩的小說風格，則是別人無法重複、無法代替的。從某種意義上說，她小說的生命力主要在此，她對文壇的貢獻在很重要的程度上也在此。」這位孤身行吟過呼蘭河畔、半生流轉於生死場上的薄命才女，其人其作都將令後人低迴不已。

■ 四、張愛玲：海派小說的美麗傳奇

唐文標說：「張愛玲是一個純粹的上海人。張愛玲的小說是純粹上海傳統的小說。」張愛玲自己也多次提到對上海這座城市的迷戀，在《流言‧到底是上海人》中她剖析了這種心情：

> 我為上海人寫了一本香港傳奇，寫它的時候，無時無刻不想到
> 上海人，因為我是試著用上海人的觀點來察看香港的，只有上
> 海人能夠懂得我的文不達意的地方。我喜歡上海人，我希望上
> 海人喜歡我的書。

張愛玲主要的文學生命活躍於 1943 年初至 1945 年秋，也就是日軍進入上海、太平洋戰爭爆發到抗戰勝利這段時期。短短三年，她出版了小說集《傳奇》、散文集《流言》兩本轟動文壇之作。此外還有《聯環套》等多篇小說、散文作品，編寫了幾部話劇劇本，質量均出色，贏得無數讀者的喜愛，也因其雅俗共賞、歷久不衰的獨特藝術魅力，竟形成一頁美麗的上海傳奇，傳頌至今。不僅有「張迷」、「張痴」，甚至有了「張派」、「張腔」、「張學」，影響可見一斑，這在中國現當代文壇上並不多見。

寫於 1943 年的中篇小說《金鎖記》，被視為張愛玲小說中最具代表性的作品。夏志清《中國現代小說史》甚至說：「據我看來，這是中國從古以來最偉大的中篇小說。」張愛玲一方面深受《紅樓夢》、《海上花》等傳統小說的影響，又因就讀於教會學校的關係，帶有「現代

派」的味道，對意象經營、心理描寫等有純熟的運用，這使她的小說既有傳統小說的特徵，又有現代小說的張力。這一點，在《金鎖記》中有出色的表現，夏志清就指出，這篇小說在敘事方法和文章風格上，是受中國舊小說的影響，但「《金鎖記》的道德意義和心理描寫，卻極盡深刻之能事，從這點看來，作者還是受西洋小說的影響為多。」

　　《金鎖記》敘述年輕的曹七巧奉父母之命嫁給高宅大院的姜家二少爺，有癱瘓殘疾的二少爺難以滿足七巧正常的性需求，加上姜家的門第觀念使出身小康之家的七巧受到不少譏諷、奚落，精神與肉體遭到雙重折磨。後來，七巧找三少爺調情遭到拒絕，從此，壓抑情慾，一心等著「夫死公亡」，以分得遺產，滿足財慾。終於，她等到了這一天，但她的青春已一去不回。為黃金，她鎖住了情慾，也鎖住了自己。變態的七巧竟以更加殘酷的手段毀掉兒子長白的家庭，也親手結束女兒長安的如意婚事，斷送其一生幸福：「長白不敢再娶了，只在妓院裡走走。長安更是早就斷了結婚的念頭。」至於七巧自己，「三十年來她戴著黃金的枷。她用那沈重的枷角劈殺了幾個人，沒死的也送了半條命。她知道她兒子女兒恨毒了她，她婆家的人恨她，她娘家的人恨她。」這種人性的異化、畸態，宛如剃刀邊緣式的驚悚效果，使張愛玲傑出的藝術才華充分展現，小說也達到極高的藝術境界。

　　張愛玲在《金鎖記》中顯示的才華之一，是善於經營繁複的意象，深入人物心理，憑其敏銳精微的藝術感覺，將人性、情慾的變化，以敘事中聲、色、動作的細膩描寫呈現出來。例如七巧面對丈夫死去一段的描寫技巧就令人折服：

　　風從窗子裡進來，對面掛著的回文雕漆長鏡被吹得搖搖晃晃，

磕托磕托敲著牆。七巧雙手按住了鏡子。鏡子裡反映著的翠竹
簾子和一副金綠山水屏條依舊在風中來回蕩漾著,望久了,便
有一種暈船的感覺。再定睛看時,翠竹簾子已經褪了色,金綠
山水換為一張她丈夫的遺像,鏡子裡的人也老了十年。

三少爺季澤拒絕七巧的愛,七巧望著他離去背影的一段,也寫得既冷靜
又不乏激情,意象突出:

她到了窗前,揭開了那邊上綴有小絨球的墨綠洋式窗簾,季澤
正在弄堂裡望外走,長衫搭在臂上,晴天的風像一群白鴿子鑽
進他的紡綢褲褂裡去,哪兒都鑽到了,飄飄拍著翅子。七巧眼
前彷彿掛了冰冷的珍珠簾,一陣熱風來了,把那簾子緊緊貼在
她臉上,風去了,又把簾子吸了回去,氣還沒透過來,風又來
了,沒頭沒臉包住她──一陣涼一陣熱,她只是流著眼淚。

白鴿拍著翅子飄走,暗喻季澤的離去,一段浪漫夢想的消逝;風來風
去,象徵著愛情的來去何其迅速,不可捉摸。這些意象的生動處理,在
張愛玲筆下已到了出神入化的地步。這種文學天分、藝術魅力,少人能
及。這也就難怪大陸知名的小說家蘇童,會感嘆說,他「怕」張愛玲──
怕到不敢多讀她的東西。(王德威〈從「海派」到「張派」──張愛玲
小說的淵源與傳承〉)

張愛玲,一個上海人,華文小說世界的傳奇人物。沒有她,十里洋
場的上海灘,二十世紀的中國文壇,都將失色許多。

∞ 第三節 王蒙 莫言 韓少功 嚴歌苓 ∞

▌ 一、王蒙：小說世界裡多變的蝴蝶

　　1956 年中共「百花齊放，百家爭鳴」的方針，除了鼓舞一大批「五四」新文學傳統下的老作家重燃創作熱情外，也促成了一批由年輕作家創作、以揭示社會主義社會內部矛盾為題材的作品湧現，這些青年作家有王蒙、劉賓雁、宗璞、耿簡、李國文、陸文夫、李准、從維熙等，它們對五〇年代初期創作題材狹窄、公式化、教條主義傾向深感不滿，主張「干預生活」，透過文學對現實生活進行觀察、思考，希望能更貼近現實，揭露生活中、工作中的一些消極現象，以達到改造社會的目的，因此，強調小說的理性審美作用，注重小說的寫實功能，就成為這類小說創作的主要特色。這些作品中最具代表性的是王蒙的短篇〈組織部新來的青年人〉。

　　1934 年生於北京的王蒙，十四歲即加入共產黨，1953 年開始處女作長篇小說《青春萬歲》的寫作（此書直到 1979 年才得以正式出版），1956 年 9 月發表〈組織部新來的青年人〉於《人民文學》雜誌，立刻在文壇上產生很大影響，堪稱其成名作。1957 年被錯劃為右派，下鄉勞改，文革結束後，才開始了他在生活及創作上的新時期。1979 年調回北京，專事寫作，後歷任《人民文學》主編、文化部長、中國作協副主席等職。

王蒙的小說創作歷程可以 1979 年為界，之前主要是傳統現實主義風格，之後則風格多變，有明顯現代主義傾向，特別是在意識流小說創作上成就突出。〈組織部新來的青年人〉是王蒙 1979 年以前的代表作，以一個區委組織部的日常工作情形為背景，透過對第一副部長劉世吾與新來的年輕幹部林震的心理刻畫，描述兩人間不同的思想差異，從而揭示了劉世吾所代表的官僚主義者的處世哲學，指出其消極陰暗面，同時歌頌了以林震為代表的朝氣蓬勃、追求真理的理想形象。在一系列人物形象中，一般認為以劉世吾最成功，他的形象不能以「官僚主義者」一詞簡單概括，事實上，他有革命經歷，1949 年以前曾經是北京大學學生自治會主席，有一定的工作能力和魄力，懂得領導藝術，能把握重點，經驗豐富，甚至也接觸不少文學作品，但是，小說要揭露的正是這樣的一個革命者是如何一步步蛻變為官僚主義者的過程。他失去了熱情、理想與主動積極性，遇事無動於衷，潛藏著可怕的冷漠之情，「不再操心，不再愛，也不再恨」，一句口頭禪：「就那麼回事」說明了他的思想和處世哲學。更令人寒心的是，「他們的缺點散布在咱們工作的成績裡邊，就像灰塵散布在美好的空氣中，你嗅得出來，但抓不住，這正是難辦的地方。」而林震這位二十二歲的青年，帶著年輕人特有的單純、天真與熱情投入共產黨的工作，並且有著「神聖的憧憬」，他說：「我覺得，人要在鬥爭中使自己變正確，而不能等到正確了才去做鬥爭」，「黨是人民的、階級的心臟，我們不允許心臟上有灰塵，就不允許黨的機關有缺點！」坦白說，林震的形象塑造過於單純與幼稚，缺乏獨特的個性，但可貴的是其煥發出的勇氣與正直。王蒙多年後談起林震時就表示：「他對生活、對社會的看法，是相當簡單化的。有些地方甚至是一廂情願的、自以為是的推斷。」

　　這篇小說沒有流於人物二元對立的窠臼，尤其是劉世吾沒有被絕對化，人物形象豐滿而複雜，在思想上也沒有輕率的論斷，八股的說教，王蒙固然寫出了官僚主義的嚴重性，也有干預生活的寫實性，但正如陳思和主編《中國當代文學史教程》中所言：「與對外部衝突的再現相比，作者更注重對敘述人心理內部衝突的表現，甚至可以說，對心理衝突事件的精彩呈現，才是這篇作品的藝術獨特性所在」，因此，「它更是一篇以個人體驗和感受為出發點，透過個人的理想激情與現實環境的衝突，表現敘述人心路歷程的成長小說」。可惜這篇小說卻被認為是「向黨猖狂進攻」的毒草，王蒙因此被劃為右派，直到二十多年後，這篇小說才得以「平反」，得到應有的重視。

　　1979 年以後，王蒙的小說風格為之一變，開始致力於技巧的革新，學習西方小說的「意識流」手法，刻意淡化情節，大膽打破時間順序，突破傳統小說的情節結構為心理結構，形成新的小說形式。這類作品有中篇《布禮》、《蝴蝶》，短篇〈夜的眼〉、〈風箏飄帶〉、〈春之聲〉、〈海的夢〉等，在當時引起極大震撼，被評論界稱之為王蒙小說探索的「集束手榴彈」，可見威力之大。其中《蝴蝶》是其意識流小說的代表作，王蒙曾說《蝴蝶》採用的是「雜燴式的結構」，也就是小說中不僅運用了意識流，還有更多現代表現技巧如象徵、自由聯想、抽象概括，甚至雜文和相聲式等，創意十足。小說以一位部長級的高級幹部張思遠的心理流程與坎坷經歷為線索，反省黨群關係，對自己思想、境遇的變化與群眾關係的親疏變化作了深刻的回顧與思考，藉「莊生夢蝶」的寓言，寫出了一個革命者的命運浮沈與自我價值的思索，沒有莊子哲學的虛無色彩，而是蘊含著「從人民中去找回自己革命靈魂」的哲理，頗具深度，尤其是小說中那飄忽不定的蝴蝶意象，具強烈象徵意

義，令人印象深刻。

王蒙在「新時期」以後的爆發力是驚人的，創作了帶黑色幽默色彩的〈莫須有事件〉、〈冬天的話題〉等，採通俗文學寫法的《名醫梁有志傳奇》，還有長篇小說《活動變人形》更是冶意識流與黑色幽默於一爐，表現手法奇特，風格多變。王蒙自「新時期」以後刻意追求一種內莊外諧的幽默筆法，尤其是幽默感十足的語言，時而犀利尖刻，時而機敏灑脫，時而汪洋恣肆，表現出過人的語言天分，復旦大學學者郜元寶就曾指出：「讀王蒙的書，確實首先應該留意他的語言。這裡有細心挑選不露痕跡的文言，外來語，方言，和新舊雜陳的『京片子』。他還特別擅長大量化入各個歷史時期的政治術語。當代作家大概沒有誰比王蒙的語言更龐雜了。」

「固定風格便是風格停滯乃至死亡」，王蒙曾如此自道其語言美學追求的信念，因此，我們看到他在小說天地裡多變的身姿，忽而詩情，忽而荒誕，忽而幽默，忽而諷刺，忽而是現代派，忽而是寫實派，正如有人說的：「作為作家，王蒙彷彿一隻蛻變著飛翔著的蝴蝶，任你品鑑他，追蹤他，卻難以真正把捉住王蒙是誰。」

從五〇年代到世紀末，王蒙始終是文壇矚目的焦點，也許，他的魅力與迷人之處就在於色彩紛紜、意象豐富，讓人捉摸不定的多變風格吧！

二、莫言：紅高粱土地上的說故事者

正如莫言自己在〈我的故鄉和童年〉一文中所說：「我的小說無論妝點上什麼樣的花環，也只能是地瓜小說，其實，就在我做著遠離故鄉

的努力的同時，我卻在一步步地、不自覺地向故鄉靠攏」，他承認自己的小說「都是從高密東北鄉這條破麻袋裡摸出來的」，毫無疑問地，對1956 年出生於山東省高密縣的莫言來說，童年經驗與故鄉情感確實是他小說世界裡寫之不盡、取之不竭的題材來源，他相信「小說就是帶著淡淡的鄉愁尋找自己失落的家園」，因此，作為一個「最動人的說故事者」（王德威語），他說的故事大部分都將歷史時空構築在高密原鄉。

莫言原名管謨業，小學五年級輟學後曾返鄉務農近十年，1976 年參加人民解放軍，長期擔任軍職。1981 年開始創作，1985 年發表成名作《透明的紅蘿蔔》，接著陸續發表〈爆炸〉、〈枯河〉等短篇，《球狀閃電》、《紅高粱》系列等中篇，其中《紅高粱》獲 1985～1986 年全國優秀中篇小說獎，後改編電影也受到熱烈歡迎，在當時掀起一股「紅色旋風」。此外，他還著有長篇小說《天堂蒜台之歌》、《十三步》、《豐乳肥臀》等，是一創作質量均佳的出色小說家。莫言一般被歸為尋根派作家，但他也大量運用了現代派的一些表現手法。他的作品可以1986 年為界，前期多描寫童年記憶的鄉村世界，表現獨特的生命體驗，1986 年左右沈迷於魔幻寫實主義，嘗試各種文體實驗，塑造神祕超驗的小說世界，富於創造精神。1987 年起更是以天馬行空的想像敘述，詭譎多變的風格，荒誕突兀的題材，技巧五花八門，語言奇幻誇張，構造極具個人化、陌生化、意象化的獨特主觀審美意境。

成名作《透明的紅蘿蔔》出手即不凡，洋溢濃郁的鄉土色彩，運用象徵隱喻手法，多層次的心理體驗，在透明的世界裡，營造出一個如真似假的藝術境界，反映出荒謬年代的農村生活片段。主人公小黑孩是個具有神祕色彩的「精靈」似的農村小孩，透過他與小石匠、小鐵匠、菊子姑娘間的情感互動，寫出人們在極度貧困重壓下的人性慾望與單純追

求。小黑孩把美麗無比的金色透明蘿蔔抓在手上,卻被小鐵匠搶去丟進河裡,他像失了魂似的四處尋找,最後來到那塊蘿蔔地,拔出一個又一個,但再也找不到那個「透明的紅蘿蔔」了。小說刻意淡化時代背景,用迷濛的筆觸,描繪一個迷離恍惚的奇異世界,具有浪漫色彩,但又鮮活地再現了當時農村的荒涼氛圍。

從「紅蘿蔔」到「紅高粱」,民族生命力的強大有了更進一步的表現。「紅高粱」象徵著血性、剛勇、飽滿旺盛的生命意志,小說以發生在山東高密廣闊的高粱地的一次抗日伏擊戰為中心,歌頌了作者故鄉祖輩們英勇抗敵的民族氣節。幾個人物如我爺爺余占鰲、我奶奶、羅漢大爺、豆官等,都刻畫得栩栩如生,尤其是爺爺、奶奶那倔強堅韌的性格、愛恨生死的蓬勃情感,有著淋漓盡致的演出,這些人物都不是英雄典型,但卻散發出普通人物潛藏的崇高氣質。莫言真正著力處不在戰爭過程的激烈,而是要抒發他對故鄉土地和這些人的崇敬。小說將虛幻時空、民俗風情、細節寫實融合在一起,明顯帶有傳奇色彩,加上富地域性的方言俚語,奇妙生動的比喻,靈活運用的視角,小說藝術張力極強,例如小說中寫到「我奶奶」本要嫁給高密東北鄉有名的財主單廷秀的兒子單扁郎,發現他原來患有痲瘋病,手持剪刀抵死不從,在送回門的路上與轎夫在高粱地裡發生關係,那轎夫就是「我爺爺」,這一段文字描寫就很能看出莫言的功力:

> 奶奶和爺爺在生機勃勃的高粱地裡相親相愛,兩顆蔑視人間法規的不羈心靈,比他們彼此愉悅的肉體貼得還要緊。他們在高粱地裡耕雲播雨,為我們高密東北鄉豐富多彩的歷史上,抹了一道酥紅。我父親可以說是秉領天地精華而孕育,是痛苦與狂

歡的結晶。毛驢高亢的叫聲，鑽進高粱地裡頭，奶奶從迷蕩的天國回到了殘酷的人世。她坐起來，六神無主，淚水流到腮邊。她說：「他真是痲瘋。」爺爺跪著，不知從什麼地方抽出一柄二尺多長的小劍，噌一聲拔出鞘，劍刃渾圓，像一片韭葉。爺爺手一揮，劍已從高粱稭稈間滑過，兩棵高粱倒地，從整齊傾斜的茬口裡，滲出墨綠的汁液。爺爺說：「三天之後，你只管回來！」奶奶大惑不解地看著他。爺爺穿好衣。奶奶整好容。奶奶不知爺爺又把那柄小劍藏到什麼地方去了。爺爺把奶奶送到路邊，一閃身便無影無蹤。

三天後，小毛驢又把奶奶馱回來。一進村就聽說，單家父子已經被人殺死，屍體橫陳在村西頭的灣子裡。

敘述語言富色彩與動感，活潑傳神，人物性格活靈活現，小說家西西就如此評論過莫言的文字特色：「莫言有他自己非常主觀色彩的語言。這語言在《紅高粱》裡成熟了，那是一種緩慢的、充滿斑斕色彩、草木蟲魚聲音、視覺廣闊、彈性無比強韌的語言，一種伸縮自如，容許無限度擴展飛翔馳騁的文體。」

　　莫言認為作家創作靠的是天才與靈氣，而這又集中表現在想像能力上，他強調創作需要生活，更需要想像，「作家在進入創作過程之前和創作過程中，最艱苦也最幸福、最簡單也最複雜的勞動就是想像。」在1985 年〈天馬行空〉一文中，他有著以下的夫子自道和期許：「創作者要有天馬行空的狂氣和雄風。無論在創作思想上，還是在藝術風格上，都必須有點邪勁兒。敲鑼賣糖，咱們各幹一行。你是仙音繚繞，三月繞梁不絕，那是你的福氣。我是鬼哭狼嚎，牛鬼蛇神一齊出籠，你敢說這

不是我的福氣嗎？」

　　莫言以其敢於衝破舊框框的勇氣、天馬行空的靈氣凝結，為我們塑造了一個既真實又迷離，既寫意又浪漫的「紅高粱」世界，對莫言和所有讀者而言，這都是一種難得的福氣。

三、韓少功：尋根小說的旗手

　　和莫言在 1985、86 年間風格大變一樣，作為「尋根小說」的代表人物，韓少功在 1985 年以前的創作大致以現實主義為主，以後則受拉丁美洲「魔幻現實主義」影響，向西方現代主義借鑒，風格與前期迥異。1985、86 年大陸小說界的兩個主要傾向是尋根思潮與現代主義探索，而韓少功能融合二者的特性，以其創造性的語言風格和文體形式的實驗性開拓，樹立起個人鮮明的藝術特色。對於自己作品該歸類為現實主義或現代主義，以及創作上受何種主義的影響，韓少功強調，兩者都為其所喜所用，不過，在〈好作品主義〉一文中，他極力主張：不管現實或現代，最重要的是「把作品寫好」，他說：「我們是否應該站在現實主義的和現代主義以及一切什麼主義的好作品的立場上，來批評現實主義的和現代主義的以及一切什麼主義的次品、贗品、廢品、毒品？來批評一切虛偽、貧血、庸俗、不敢直面社會人生的文學？」正是這樣的理念堅持，韓少功的小說創作所繳出的成績單，幾乎篇篇都是好作品，自出道以來就一直受到文壇矚目，甚至引領風潮。

　　1953 年出生於湖南省長沙市的韓少功，初中畢業後到湖南省汨羅縣插隊務農，1978 年考入湖南師範大學中文系就讀，1985 年調任湖南省作家協會，1988 年遷居海南，歷任《海南紀實》雜誌主編、海南省文聯主

席等職。在 1988 年離開湖南之前，他深受楚文化浪漫主義的薰陶，形塑出他以楚文化為象徵，進而反思、批判整個民族文化的創作傾向，這個寫作特色至今仍未改變。他從 1974 年開始寫作，〈西望茅草地〉和〈飛過藍天〉分獲 1980、1981 年全國優秀短篇小說獎。出版有中短篇小說集《月蘭》、《飛過藍天》、《誘惑》、《謀殺》、《鞋癖》等，以及長篇小說《馬橋詞典》和一些散文集，並譯有《惶然錄》、《生命中不可承受之輕》。他於 1985 年在《作家》雜誌上發表〈文學的根〉一文，拉開了「尋根小說」的帷幕，並以自己的創作有力地實踐、詮釋了此一主張，在文壇產生很大影響。

　　1985 年以前的韓少功，創作主題主要集中於對文革傷痕的反思與揭露，如〈人人都有記憶〉、〈回聲〉等，還有反思社會主義理想的實踐、呈現知青理想與現實的衝突，如〈西望茅草地〉、〈同志交響曲〉等，以及刻畫農民純樸天性、喜感形象的如〈穀雨茶〉、〈風吹嗩吶聲〉等，這些初期作品雖然有著太過直露及批判現實深度不足的缺失，但卻孕育了他在此後創新突破的潛在動力。1985 年是他創作的重要轉折點，以其「尋根」文學的主張奠定了文壇上的地位，〈歸去來〉、《爸爸爸》、《女女女》是這類風格的代表作，具有對人類生存歷程的理性關照，韓少功說：「我力圖寫出人物的典型性，並向字裡行間滲入我的理性思考——或是關於人類社會歷史的思考，如《爸爸爸》，或是關於個人生存狀態的思考，如《女女女》。」（〈好作品主義〉）以《爸爸爸》為例，小說虛擬了「雞頭寨」這個模糊空間，藉寫雞頭寨人的思維方式、觀念情感、生活型態，象徵中國人靜態不變的文化積澱心理，實際上是中國南方蒙昧社會的一個縮影，且看他對此一幾與外界隔絕的僻遠山寨的描寫：

> 寨子落在大山裡，白雲上，常常出門就一腳踏進雲裡。你一走，前面的雲就退，後面的雲就跟，白茫茫的雲海總是不遠不近地團團圍著你，留給你腳下一塊永遠也走不完的小小孤島，托你浮游。……雲下面發生了一些什麼事情，似與寨裡的人沒有多大關係。秦時設過「黔中郡」，漢時設過「武陵郡」，後來「改土歸流」……

這種封閉性使小說得以大量描寫未受現代文明、科學影響下的地域文化色彩與傳統文化習俗，在一種太古洪荒的氣息中展開故事的鋪陳。故事以一個畸形白痴小孩丙崽為中心，沒有確切年齡，他母親總說他只有十三歲，但額上已有皺紋，他永遠只會說兩句話：「爸爸爸」、「×媽媽」，喝毒汁竟不死，寨裡人要砍他的頭，天上竟打了雷，而這樣的白痴就被奉為「丙相公」、「丙大爺」、「丙仙」，最後在寨子遷徙之後，他不知從哪裡又冒出來，咕嚕著喊「爸爸」。作者以虛實相生的手法，將雞頭寨人蒙昧、愚痴、麻木、迷信的現象與丙崽的醜惡、頑固、神祕形象結合在一起，反思民族傳統文化的企圖不言可喻。在〈文學的根〉中，韓少功曾說明尋根「不是一種廉價的戀舊情緒和地方觀念，不是歇後語之類的淺薄的愛好，而是一種對民族的重新認識，一種審美意識中潛在的歷史因素的甦醒。」換言之，他是對人類生命歷程中許多費解現象的追索探問，寫出對人類歷史、個人生存狀態的一種文學理解與思考。

　　1996 年，韓少功延續八○年代的「尋根」理念，依舊從民間文化挖掘寫作題材，不同的是，他從文化意義的尋根轉向語言，將語言、文化緊密聯結，推出了長篇小說《馬橋詞典》，立刻轟動了文壇。小說以新穎的「詞典體」，敘述發生在馬橋地方小鎮的故事，以一百一十五個詞

條串聯起馬橋的淵源和種種傳奇，包含人文、地理、風俗、民情、歷
史、物產、傳說、人物等豐富內容，成功顛覆了傳統小說的文體形式。
據小說敘述者介紹，馬橋在楚國大夫屈原流放和投河的汨羅江畔，其實
也就是韓少功在知青時代的勞改場所。小說以敘述者下鄉當知青的年代
為背景，講述了七○年代發生在馬橋的各色人物和風俗民情。陳思和對
《馬橋詞典》的語言探索深表稱許，他說：「在以往小說家那裡，語言
作為一種工具被用來表達小說的世界，而在《馬橋詞典》裡，語言成了
小說展示的對象，小說世界被包含在語言的展示中，也就是說，馬橋活
在馬橋話裡。韓少功把描述語言和描述對象統一起來，透過開掘長期被
公眾語言所遮蔽的民間詞語，來展示同樣被遮蔽的民間生活。」這個觀
察十分貼切。如〈賤〉這一詞條下寫著：

> 老人家互相見了，總要問候一句：「你老人家還賤不賤？」意
> 思是你的身體還好不好。打聽老人的情況也常用這個詞，比如：
> 「鹽早的娘還賤得很，一餐吃得兩碗飯。」
> 在馬橋的語言裡，老年是賤生，越長壽就是越賤。儘管這樣，
> 有些人還是希望活得長久一點，活得眼瞎了，耳聾了，牙光了，
> 神沒了，下不了床了，認不出人了，活著總還是活著。……
> 照這種說法，馬橋最賤的是一個五保戶，跛子，叫梓生爹。到
> 底活過多少歲了，他自己也不知道。反正活得兒子死了，孫子
> 死了，曾孫子都夭折了，他還一跛一跛地活著。

在他的筆下，語言貫穿了人物、歷史、經驗、傳說等，透過一個個故
事，寫出語言背後的真相，這些對「詞」的解釋，構成了小說最富魅力

的敘述。在這些五花八門的詞條裡，涵蓋著作者對文革的反思、尋根的意圖、對「人」的關注，以及對文體實驗不懈的藝術追求，不過，唐翼明在〈略論《馬橋詞典》的特色及其在大陸當代文學中的地位〉一文中有另外的體會：

> 我只是覺得，隨著《馬橋詞典》為代表的一批優秀小說的出現，「新時期」、「後新時期」這些多少與政治、意識型態有相當關聯的術語可以不再理會了，大陸的「純文學」時代應當來臨了。沒有權威，沒有主義，沒有禁忌，沒有對不對，只有好不好，只有文學與非文學，美的作品與不美的作品，這樣的文壇前景在大陸應該是可以憧憬了吧。

看來，《馬橋詞典》不只是詞典，也不只是小說而已。

四、嚴歌苓：移民悲歌的詠嘆者

　　來自上海、1989 年赴美的小說家嚴歌苓，近年來以其擅長的移民題材作品，幾乎囊括了臺灣各大文學獎項，而成為九○年代活躍於海外華文世界中的知名作家之一。

　　目前定居舊金山的嚴歌苓，1958 年生於上海，十二歲參加人民解放軍成都軍區文工團，學習舞蹈。1980 年開始發表作品，1988 年赴美留學，1996 年獲哥倫比亞藝術學院藝術碩士學位。1990 年開始在臺灣發表作品，先後獲得中央日報、聯合報、中國時報文學獎第一名等十餘項大獎，《人寰》且獲得「中國時報百萬長篇小說獎」。除了一本散文集

《波西米亞樓》、人物報導《陳沖前傳》外，作品均為小說，計有長篇《雌性的草地》、《扶桑》、《人寰》，短篇小說集《少女小漁》、《海那邊》、《倒淌河》、《風箏歌》、《白蛇》等十餘部，不僅產量豐富，也得到很多肯定的掌聲。其中多篇更改拍成電影，如〈少女小漁〉、〈天浴〉等，曾獲 1998 年金馬獎最佳編劇。

嚴歌苓的小說，在創作方向上有明顯的前後差異，以赴美為界，前期多以大陸女兵生活見聞為題材，如《雌性的草地》、《綠血》、《一個女兵的悄悄話》等；赴美之後，以移民故事或人物為主體的作品，成為她小說寫作的主流，代表作有《少女小漁》、《扶桑》、《海那邊》、《陳沖前傳》等。不過，即使移民美國後，大陸經驗與情感仍不時會牽動她的情緒，〈白蛇〉、〈倒淌河〉、〈天浴〉等作品，可以見出她處理大陸素材的得心應手，與她近年來用心經營的移民小說同樣出色，交相輝映。

以反映海外新移民生活的短篇〈少女小漁〉為例，為了取得綠卡，小漁與一美國老頭假結婚，為應付移民局的突擊檢查，她搬去與老頭住，小漁的男友江偉為此與她有多次的爭執與嘲諷，老頭原有一位同居人瑞塔，也因此不滿離去。小說就以這四人為主線，寫活了彼此間複雜的情緒交織。一年後，小漁終於可以離開，但善良的小漁與頹廢潦倒的老頭也建立了微妙的長輩般的情感。小說結尾，老頭送小漁離去的一幕，嚴歌苓寫來絲絲入扣，極富動人力量：

「我還會回來看你……」

「別回來……」他眼睛去看窗外，似乎說，外面多好，出去了，
幹嘛還進來？

老頭的手動了動。小漁感到自己的手也有動一動的衝動。她的
手便去握老頭的手了。

「要是……」老頭看著她，滿嘴都是話，卻不說了。他眼睛大
起來，彷彿被自己的不知天高地厚唬住了。她沒問——「要是」
是問不盡的。要是妳再多住幾天就好了。要是我死了妳會記得
我嗎？要是我幸運地有個葬禮，妳來參加嗎？要是將來妳看到
任何一個孤伶伶的老人，妳會由他想到我嗎？

小漁點點頭，答應了他的「要是」。

老頭向裡一偏頭，蓄滿在他深凹的眼眶裡的淚終於流出來。

正如嚴歌苓所言：「讓我的小漁，作為一個美麗的善之標本存活下去
吧。」這些人物都有辛酸的無奈，而且還得這樣的活下去，但嚴歌苓賦
予他們人性的真與善，也讓這篇移民小說在淚水中不致流於絕望的窠
臼。悲苦中有喜謔，刺痛中有憐憫，從這個短篇可以看出嚴歌苓善於說
故事的本領，在情節的鋪陳、主題的推衍、敘事的節奏、語言的推敲，
及人物性格的勾勒上，她都能表現得恰如其分。

　　自嘲「除了寫作，別的都不會」的嚴歌苓，親自走過移民過程中難
與人道的辛苦，如今深耕於移民小說的文學長途，已經憑其過人的毅力
與不凡的才華，繳出了一張亮眼不俗的成績單。

∽ 第四節　林海音　朱西寧　白先勇　李昂 ∽

▎一、林海音：銜接世代的文壇冬青樹

　　生於日本，長於北平，卻又不斷提醒別人自己是臺灣苗栗人的林海音（1918～2001），是國內知名的作家、編輯人與出版家。先後擔任過《國語日報》編輯、《聯合報》副刊主編。在擔任聯副主編的十年間，發掘了鍾理和、鍾肇政、鄭清文、黃春明、林懷民、陳若曦、七等生等作家，建樹良多，將五四以來純文學副刊的傳統發揚光大，至今令人懷念。1967 年，她創辦並主編《純文學》月刊，五年後停刊，隨即又創辦「純文學出版社」，出版了許多膾炙人口的好書，可惜於 1995 年結束。她將版權歸還作者的「義舉」，也使文壇敬重，不愧為大家心目中永遠喜愛的「林先生」、「林阿姨」。這是編輯人、出版家的林海音。

　　至於作家林海音，同樣受到文壇的肯定與讚揚。她的著作有長篇小說《曉雲》、《孟珠的旅程》、《春風》，短篇小說集《綠藻與鹹蛋》、《燭芯》、《城南舊事》，散文集《作客美國》、《芸窗夜讀》，兒童文學作品《蔡家老屋》、《我們都長大了》等，還有廣播劇本、文藝評論等，筆耕不輟，質量豐美。她的創作題材主要集中於民初的婚戀故事，二○年代北平的人物，以及光復初期臺灣的生活面貌。一般論者大多認為，她的小說作品成就較高，也較能反映出她的寫作風格。她的特殊成長背景與對臺灣生活、文學發展的真切關懷，使她的個

人生涯與整個臺灣文學產生緊密的聯繫。學者彭小妍即指出：「作家林海音讓我們清楚地看見臺灣五十年來的轉型歷程。」

1960 年出版的《城南舊事》，是根據自身的經歷與感觸，以童年在北平的生活故事為素材寫成。它幾乎成了林海音的代表作。1982 年上海電影製片廠將它改拍成電影，獲得一致好評，使小說中的主人公「英子」成了家喻戶曉的人物。小說由〈惠安館傳奇〉、〈我們看海去〉、〈蘭姨娘〉、〈驢打滾兒〉、〈爸爸的花兒落了〉五個既獨立、又連貫的短篇組成，以小孩英子的觀察與感受為貫穿線索，敘述她所看到的成人世界的故事，呈現出昔日北平的社會生活面貌。強烈的懷舊氣息，生動的京味兒，深摯的抒情筆調，使《城南舊事》特別散發出一種含蓄、自然的藝術魅力。評論家葉石濤就曾稱許說：「文章之美，純粹口語，其典雅的格調已經達到有音樂律動和氣氛。」

齊邦媛在評論《城南舊事》時認為，〈驢打滾兒〉是「全書最有力量的一篇短篇小說」。這篇小說描寫一位農村傳統婦女宋媽，因貧困不得不拋下兩個孩子到城裡來幫傭、做奶媽賺錢，她與英子等人相處融洽，做事勤奮，會講故事，納布鞋底子，唱兒歌等，但英子不知道宋媽背後的辛酸，原來宋媽日夜掛念的兒子在河裡淹死，甫出生的幼女丫頭送了人，血與淚的悽苦形象，隨著英子的一點一滴拼湊，才逐漸明晰，也讓人為之落淚。最後，宋媽不再唱歌，也不再說故事了，她選擇和丈夫回鄉，希望再生孩子。林海音善於透過人物的語言行為來刻畫性格，如宋媽聽到兒女一死一送人後，並沒有大哭失聲，也沒有與欺騙她的丈夫吵鬧，而是「蒙著臉哭，不敢出聲」，照常工作，只是，從此不再說有關孩子的故事，也不再託人寫家書，「她總是把手上的銀鐲子轉來轉去的呆看著，沒有一句話。」這些細膩的描寫，生動地表現出一個鄉下

婦女溫順、忠厚與忍受痛苦的複雜心境，確實感人。

　　除了童年舊事憶往，林海音小說中另一主題是反映女性的婚姻際遇與問題。如她有名的短篇〈燭〉，描寫一個元配女人，因丈夫啟福娶了姨太太秋姑娘，表面偽裝大方，內心卻十分在意、痛苦，她開始裝病，想得到丈夫的關愛，也折磨秋姑娘，不料時日一久，竟真的成日躺在床上喊頭暈，卻再也挽不回什麼：

> 床頭有許多藥，也曾經有許多大夫來看過，她變成一個真正的病人了。是真是假，連她自己也分不清了。有時她確實是心灰意懶的，賴在床上連探起半個身子的動作都懶得做。陰天在被筒裡，她的臉朝裡，叫秋姑娘點一根蠟燭給她，她就著搖曳的燭光，看《筆生花》，看《九命奇冤》，乃至於看《西遊記》。但是有時忽然難以忍受的酸楚和憤恨交織的情緒發作了，她會扔下書本，閉上眼呻吟的喊著：「我暈哪──」把啟福和秋姑娘都招得慌忙的跑過來。於是她常常的頭暈了。

全篇對女性心理的掌握十分精準，使人物的形象鮮明，情節發展跌宕起伏，錯落有致。林海音曾說：「我喜歡婚姻的故事，並不是愛探聽人家的祕密，而是從各種不同的婚姻故事中，探求人生的許多問題。」由於對此一議題的持續關注，林海音被稱為「關心女性姻緣路的女作家」。

　　四十多年來，林海音耕耘、滋養並豐富了臺灣現代文學，她努力且稱職地扮演各種角色。作家鍾鐵民說：「我崇拜編輯林海音，害怕老闆林海音，喜歡作家林海音。」從英子到林海音，她銜接了一個世代，也搭起了一座文學的橋。

▌二、朱西寧：現代小說藝術的冶金者

出身軍旅，但以一枝出色的小說五彩筆，為臺灣文壇留下豐富資產的朱西寧，1927 年生，1972 年以上校退伍，曾任《新文藝》月刊主編、黎明文化公司總編輯，1998 年 3 月因肺癌病逝，享年七十一歲。從 1947 年在南京的中央日報副刊正式發表第一篇小說〈洋化〉起，半世紀以來，創作不斷，享譽文壇多年。主要著作有長篇小說《貓》、《畫夢記》、《八二三注》、《旱魃》、《茶鄉》等，短篇小說集《狼》、《鐵漿》、《破曉時分》、《冶金者》等，以及散文集《微言篇》等三十多部。遺著《華太平家傳》已完成五十多萬字，三易其稿，歷時十八載，為其自傳性之大河小說，雖未完篇，卻可看出朱西寧深遠的寫作意圖與過人的創作毅力。

臺灣文壇若無朱西寧，肯定會寂寞許多。且不說他個人三十多部小說所建立起來的文學聲譽，由他擔任「掌門人」所繁衍而成的「朱氏小說家族」，確實已成為臺灣文學界不能不看的一道風景。他的夫人劉慕沙，是知名的日本文學翻譯家，已結集的譯作有《敦煌》、《女身》等四十餘部；長女朱天文、次女朱天心，都是當代重量級的小說家。朱天文有小說、劇本等十餘部，《荒人手記》曾獲中國時報第一屆百萬小說獎；朱天心也以《想我眷村的兄弟們》、《古都》等小說，受到文壇矚目；小女兒朱天衣雖未專事寫作，但也曾出版短篇小說集《甜蜜夢幻》。朱天心的夫婿謝材俊也是作家，以「唐諾」筆名出版過《球迷唐諾看球》、《文字的故事》等書。此外，這個文學家族還共同出過一本合集《小說家族》，姐妹三人也出過《三姐妹》、《下午茶話題》，為

這一家人濃厚的文學氣息留下美麗見證。

　　小說家族，相濡以「文」（徐淑卿語），想來朱西寧是一點也不寂寞的。不過，朱西寧最令人敬佩的一點，是他自始至終對文學事業的虔誠追求，這具體表現在他一絲不苟的寫作態度上。例如寫《八二三注》，以十年時間完成，六十萬字的篇幅，他曾「數易其稿」；又如《華太平家傳》，構思寫作長達十八年，「三易其稿」。這種執著，只怕快成絕響。他的好友司馬中原在〈試論朱西寧〉一文中，說他「對作品張力的要求，文字的冶煉」，「不敢少懈」，「他思想的進入，引申和歸納過程甚為緩慢，從素材取擇到表達完成，費盡他的苦思。他的作品不見才華，只見功力，他不斷琢磨那些產品，使其藝術性增高」，「他要將文字冶煉成採礦機，俾便採擷他蘊蓄無盡的思想的礦苗。」不論是北方鄉土故事，還是臺灣社會人情，朱西寧總能以其題材的新穎、文字的精純、思想境域的廣闊，造就出一篇篇肌理豐實、光彩煥發的佳作。

　　以「錯斬崔寧」為原型鋪展出的〈破曉時分〉，即是朱西寧敘事功力與思想深刻的代表作之一。全篇以審人犯徐周氏、戴某通姦、謀財害命為主軸，生動刻畫了初入衙門當差的「老三」對社會黑暗的啟蒙，兩個人犯與審案大老爺的問答，加上久吃衙門飯、洞悉人性的黑八，共構出這一篇揭示人性真相、舊制度陰暗面的傑作。朱西寧的文字功力由下面一段描寫徐周氏被刑求逼供、老三的心理變化可以看出：

　　那是甚麼樣的慘叫──彷彿這樣黑月頭的天色，會被她一下子

　　叫亮了。我女人生頭一胎時，從頭更生到天明，隔著大天井，

　　聽來就不相信一個人竟會那樣子叫喊。而這小娘們不光是叫得

不像人聲，飛禽走獸也嗥不出那樣悽慘；好比是整垛子瓷器碗盞一下子倒下來給人的驚嚇；好比是細木匠舖子裡做鏇工，鏇刀不當心偏了偏，刮到鐵軸子上，一個鑽旋，能把人的天靈蓋鑽出一個大窟窿；又好比牛車滾下坡，煞車棍咬進大轂轆的軸縫裡，吱吱呦呦，銼在人的牙根上，能把牙齒一顆顆給崩得粉粉碎。這可都比仿不出這女人到底是怎麼樣的一種慘叫。我算是吃不來這行飯，受不住這些。吃飯是要活著，吃這種飯要把人給吃死的。人怎麼可以這樣子忍心喲！

真是令人不寒而慄的場景。類此鮮明騰躍的比喻象徵，文字意象的銳利浮現，在朱西寧的小說中俯拾即是。如此對人性、場景、心理的精雕細鏤，朱西寧實不愧為現代小說藝術的冶金者。

一般人對朱西寧小說的理解，只知其舊而不知其新，文學史的書寫，也停留在五○年代「軍中作家」、「流亡作家」的身分印象，甚至輕易將他歸入戰鬥文藝風潮下的「反共作家」，這都是不公平，不全面，當然也是不正確的。

三、白先勇：充滿悲憫情懷的「臺北人」

1937 年生於廣西桂林的白先勇，是當今海峽兩岸共認屬於大師級的小說家之一。臺大外文系畢業後，1963 年到美國愛荷華大學作家工作坊從事創作研究，並獲碩士學位，隨後任教於加州大學聖塔芭芭拉分校，講授中國語言文學課程。已出版的著作有長篇小說《孽子》，短篇小說集《寂寞的十七歲》、《謫仙記》、《紐約客》、《臺北人》，評論集

《驀然回首》等。多篇作品被拍成電影或舞臺劇,如〈金大班的最後一夜〉、〈玉卿嫂〉、〈遊園驚夢〉、〈孤戀花〉、〈孽子〉等,風行一時。

　　白先勇於 1958 年發表第一個短篇〈金大奶奶〉,從此開始了他日後璀璨的文學生涯。早期作品發表於夏濟安主編的《文學雜誌》。1960年,白先勇和王文興、陳若曦、歐陽子等外文系同學合力創辦《現代文學》雜誌,一面譯介西方文藝思潮,一面鼓勵文學創作。這個刊物的誕生,揭示他們這一代人文藝思想的形成,並因此湧現出現代派文學的作家群。值得注意的是,白先勇並不是全盤西化論的信徒(這一點和王文興有所不同),他對於西方文化和中國傳統文化採取冷靜的批判態度,追求「將傳統融入現代,以現代檢視傳統」的理性思維。這種思維,對白先勇的文學創作有明顯的影響。他對《紅樓夢》、崑曲的喜愛,在他的小說中也迭有反映,如《臺北人》中所瀰漫的「舊時王謝堂前燕,飛入尋常百姓家」的感慨,與《紅樓夢》中的〈好了歌〉,在意境上如出一轍。夏志清對此有精要的看法:

> 白先勇是當代中國短篇小說的奇才。這一代中國人特有的歷史
> 感和文化上的鄉愁,一方面養成了他尊重傳統、保守的氣質,
> 而正統的西方文學的訓練和他對近代諸大家創作技巧的體會,
> 又使他成為一個力求創新,充滿現代文學精神品質的作家。

既傳統又現代,歷經大陸、香港、臺灣、美國等地的飄泊,加上顯赫的家世背景,個人獨特的人生經歷,使白先勇的小說格外有一種家國歷史的滄桑感,異鄉遊子的飄泊感,以及質疑生命存在意義的現代感。這些

特質，形成了白先勇鮮明的創作特色與藝術風格。

這種特色與風格，《臺北人》發揮得最淋漓盡致，這本小說集也是白先勇小說藝術的巔峰之作。全書共收十四篇小說，書前白先勇題辭說：「紀念先父母以及他們那個憂患重重的時代」，標明了沈重的歷史感；接著引用劉禹錫的〈烏衣巷〉詩，今不如昔的滄桑感油然頓生。這些小說雖然題材不同，描寫的角色各異，但大多是表現從大陸來臺的部分上流社會人物的沒落、感傷與沈浸回憶中的失落感。這些「沒落的貴族」包括了曾經紅極一時的舞女歌妓，如〈金大班的最後一夜〉、〈永遠的尹雪豔〉；曾經風光過的將軍們的妻妾，如〈遊園驚夢〉中的竇夫人、錢夫人，〈秋思〉中的華夫人等；曾經顯赫一時，叱吒風雲過的高官將領，如〈梁父吟〉中的樸公，〈國葬〉中的李將軍等；也有一些曾經意興風發，如今潦倒的知識分子，如〈冬夜〉中的余嶔磊，〈花橋榮記〉中的盧先生等。歐陽子曾分析說：

《臺北人》中的許多人物，不但「不能」擺脫過去，更令人憐憫的，他們「不肯」放棄過去。他們死命攀住「現在仍是過去」的幻覺，企圖在「抓回了過去」的自欺中，尋得生活的意義。（〈白先勇的小說世界──《臺北人》之主題探討〉）

可以說，今昔之比是《臺北人》中表現得最成功、也最動人的部分。歐陽子就指出，《臺北人》一書只有兩個主角，一個是「過去」，一個是「現在」。「過去」代表了青春、純潔、敏銳、秩序、傳統、精神、愛情、靈魂、成功、榮耀、希望、美、理想與生命。而「現在」則代表年衰、腐朽、麻木、混亂、西化、物質、色慾、肉體、失敗、猥瑣、絕

望、醜、現實與死亡。這也就難怪《臺北人》中的主要角色都是老年人或中年人，他們懷念的不僅是光榮的過去，更重要的是消逝的青春年華啊！

　　以〈冬夜〉為例，在臺大教書的余嶔磊，五四時「疊羅漢爬進曹汝霖家裡」，「打著一雙赤足，滿院子亂跑，一邊放火」，但現在卻「右腿跛瘸，走一走，拐一下，十分蹣跚」，形成強烈對比；現在的妻子「肥胖碩大」，喜歡打麻將，而當年在大陸的妻子雅馨卻秀麗青春，白先勇有一段深刻傳神的描寫，今昔之比非常明顯：

> 他從窗縫中，看到他兒子房中的燈光仍然亮著，俊彥坐在窗前，低著頭在看書，他那年輕英爽的側影，映在窗框裡。余教授微微吃了一驚，他好像驟然又看到了自己年輕時的影子一般，他已經逐漸忘懷了他年輕時的模樣了。他記得就是在俊彥那個年紀，二十歲，他認識雅馨的。那次他們在北海公園，雅馨剛剪掉辮子，一頭秀髮讓風吹得飛了起來，她穿著一條深藍的學生裙站在北海邊，裙子飄飄的，西天的晚霞，把一湖的水照得火燒一般，把她的臉也染紅了……

回憶總是美好的，現實中的余嶔磊，只能拿起《柳湖俠隱記》，坐到沙發上，「在昏黯的燈光下，他翻了兩頁，眼睛便合上了，頭垂下去，開始一點一點的，打起盹來，朦朧中，他聽到隔壁隱約傳來一陣陣洗牌的聲音及女人的笑語。」這無奈的感傷，一如「臺北的冬夜愈來愈深了，窗外的冷雨，卻仍舊綿綿不絕的下著。」

　　白先勇的小說一貫以人物為中心，他雖然傾注濃厚情感，但表現上

總以娓娓道來、從容不迫的敘事方式，透過多種藝術手法將人物的心理活動作多角度、多層次的挖掘。因此，白先勇筆下的人物，個個鮮活，性格突出。這也是他的小說能久盛不衰的魅力所在。

白先勇筆下的人物世界是多變的，滄桑失落的「臺北人」，流浪迷失的「紐約客」，甚至於離經叛道的「孽子」，但其中不變的，是他對這些人物永遠寄予同情的悲憫情懷。

四、李昂：書寫情色的女性小說家

以描寫兩性赤裸裸的情慾，且能透過情色書寫與死亡、生活、政治等廣泛結合的小說家李昂，是解嚴以來開始風行的女性小說、情色小說作家中具有代表性的一位。她一直是臺灣文壇現代意識濃厚、批判火力強大的女作家，勇於向不合理的社會現實和封建傳統觀念挑戰，完全沒有女性閨怨文學的脂粉氣，其大膽與魄力令許多男性作家都深嘆不如。

李昂，1952年生於鹿港，原名施淑端，文化大學哲學系畢業後赴美留學，獲戲劇碩士學位。返臺後一直專事寫作，曾在文化大學教授小說創作等課程。主要作品有短篇小說集《混聲合唱》、《人間世》、《一封未寄的情書》，中篇《殺夫》、《暗夜》，長篇《迷園》等。此外，也有散文集《貓咪與情人》等多種。近作《北港香爐人人插》，因人物影射等問題，引起媒體及大眾廣泛注意與討論，使她再度繼《殺夫》之後成為爭議性話題作家。

李昂處女作〈花季〉發表於十七歲那一年，從此她的小說就不曾脫離過性心理題材創作領域。在過去封閉的時代，李昂就以大膽探索女性的性愛、情慾和成長等問題，剖析情愛與道德、社會等多重複雜關係，

從而確立起她以女性為中心反映社會問題的創作方向。例如 1983 年獲聯合報中篇小說獎首獎的《殺夫》，為當時文壇投下了一顆震撼強烈的信號彈──揭示了傳統社會中不平等兩性關係下，女性被壓迫摧殘後反撲的信號。李昂透過受人非議的性描寫，是想藉此挖掘人物的內在世界，探索人性與情慾的糾結，引發人們思考和反省。白先勇評論說：「這是篇突破的作品，打破了中國小說很多禁忌」；林懷民也認為「真是驚人之作，不管在題材上，還是表達方法上面，把早期低層社會一些老百姓的生活、黑暗角落的事物都掌握得非常好，的確是很嚇人的。」

　　《殺夫》故事發生在一個落後閉塞的漁村，女主人公林市被賣給屠夫陳江水為妻，卻成為十足的泄慾工具，而且只有在滿足陳江水的獸慾後才有一點食物可吃。長期在性的虐待與飢餓的渴求下，她心力交瘁，終於在最後一次遭陳江水強暴後，精神錯亂地舉起丈夫謀生的工具「殺豬刀」，將熟睡的陳江水斬成肉塊，一如屠夫殺豬。小說中令人心驚的場面不少，但心理刻畫的出色使這篇小說極富感染力，如以下這段的描寫：

　　　飯再端上來，陳江水故意三、兩口津津有味的吃完，再惡意的

　　　引誘林市：「妳不餓？要不要吃一口。」

　　　林市盯看著晶白的米飯，一口口吞著口水。

　　　「攢食查某要有飯吃，也得做事，妳要做麼？」

　　　「做什麼？」林市遲疑的、怯怯的問。

　　　「妳先像過去哀哀叫幾聲，我聽得有滿意，賞妳一碗飯吃。」

　　　林市驚恐著後退幾步，看著白米飯困難的搖搖頭。

生動傳遞出陳江水企圖以食物控制林市身、心的變態行為,「哀哀叫幾聲」正是對女性尊嚴的澈底侮辱,而林市沒有就範,說明了女性在身體受蹂躪時內心的反抗意識。

兩年後出版的《暗夜》,比《殺夫》所涵蓋的社會面更廣,人物性格更鮮明,寫活了一群競逐金錢與肉慾的都市現代人。性成為交易品,道德與貞操棄如敝屣,李昂的批判,透過小說情節犀利地表現出來。

從《迷園》開始,李昂處理性與政治似乎上了癮,到《北港香爐人人插》可說達到了隨心所欲的地步。敏感的人物影射,過分寫實的情節,立刻引起文壇政界「對號入座」、「純屬虛構」之爭議,書一上市即暢銷熱賣十餘萬冊,這在 1997 年的文學市場上是罕見的。《北港香爐人人插》收四篇作品:〈戴貞操帶的魔鬼〉、〈空白的靈堂〉、〈北港香爐人人插〉以及〈彩妝血祭〉。王德威在書序中指出,每一篇作品都突出一位或數位涉身政治的女性:有戒嚴時代,代夫出征的悲情活寡婦;夫死妻繼的烈士未亡人;解嚴後突然竄起,才色雙全的女民代,以及苦守孤孀、命運多舛的獨立運動之母。「合而觀之,這些作品可以視為九〇年代以來李昂以女性身分,參與反對黨運動的印象與反思。」且看以下一段描述,即知此書爭議之所在:

> 這個林麗姿在極短的時間竄起,當選反對黨不分區立委,靠的是婦女保障條款的名額。檯面上的理由是因為反對黨擺不平幾個派系各自推的婦女人選,才由她出線,但是日在場的婦女團體代表,都聽過這樣的傳聞:她成功的睡了許多反對黨內的重要人士,這些「表兄弟」們為求回報,紛紛沒意見的一致同意推舉她。(〈北港香爐人人插〉)

這些爭議，自然是難分難解的。王德威綜觀李昂三十年的寫作歷程，認為「不論毀譽，她的小說畢竟提供了一個獨特角度，見證臺灣的性、道德，與政治論述的消長。若沒有了《殺夫》、《暗夜》、《迷園》、《香爐》，臺灣的文壇還真要嫌太清靜──與太清潔──了一些呢。而在可見的未來，李昂顯然仍會站在風口浪尖，繼續她的風月冒險。」這個論斷，想來應該不會有太多爭議了吧？

∞ 第五節　黃春明　鄭清文　張大春　朱天心 ∞

一、黃春明：鄉土小人物的代言人

被稱為「標準的鄉土作家」的黃春明，1939 年生於宜蘭，屏東師範畢業。他一生經歷豐富，擔任過國小教師、電臺節目主持人、電器行學徒、記者，也從事過廣告公司企劃，拍攝過紀錄影片，現為吉祥巷工作室負責人。不過，他最鮮明的身分是小說家，出版的著作主要有《兒子的大玩偶》、《鑼》、《莎喲哪拉‧再見》、《小寡婦》、《我愛瑪麗》等。多篇作品被拍成電影，如〈兒子的大玩偶〉、〈看海的日子〉、〈蘋果的滋味〉、〈莎喲哪拉‧再見〉等，引起很大迴響。停筆十多年後，1999 年 10 月，他終於在讀者的殷切期盼下出版了新作《放生》，再度以他特有善於說故事的筆調與語氣，娓娓道出一則則動人的、以老人處境為題材的小說。

黃春明的小說大致可以分成三個階段。第一階段是 1966 年以前。

黃春明剛踏入文壇，不免受到當時流行的現代主義思潮影響，如〈玩火〉、〈把瓶子升上去〉、〈男人與小刀〉等，表現出存在主義哲學思想的痕跡，有逃避現實、追求虛無的傾向，黃春明說：「看它有多蒼白就多蒼白，有多孤絕就多孤絕」，因此，1967 年起，他的小說創作迅速擺脫現代主義的影響，進入鄉土寫實的第二階段。他像是找到了自己最擅長的題材與創作方法，一篇篇膾炙人口的佳作如〈青番公的故事〉、〈溺死一隻老貓〉、〈鑼〉、〈看海的日子〉、〈兩個油漆匠〉、〈兒子的大玩偶〉等，接連發表，奠定了他在文壇的重要地位。由於大多以故鄉宜蘭為背景，人物多為「受屈辱的一群」，因此黃春明也被冠以「鄉土小人物的代言人」稱號。

1970 年起，他的小說進入以社會批判為主的第三階段，由鄉土寫實轉向社會批判。透過對崇洋媚外者的嘲諷以及對缺乏民族自尊心者的撻伐，他表現出強烈的批判意識，同時也流露出極大的人道主義精神。這些作品主要有〈莎喲哪拉‧再見〉、〈小寡婦〉、〈我愛瑪麗〉等。對黃春明七〇年代以後的文風轉變，有人稱之為從「土」到「洋」，也有人為他棄「土」從「洋」感到惋惜，對此，黃春明有不同的看法，認為這是進步，不是後退，因為「這個發展，作品的社會性加強了，這一點大家沒有不同意見。至於藝術性是否減弱，看你從哪個角度看，作品的藝術性主要看能否準確表現作品的社會意義。」（〈一個作者的卑鄙心靈〉）其實，黃春明寫小說的一貫動機是社會意識，不論題材是都市還是鄉村，是土還是洋，他總要求自己要做到「雅俗共賞」，他強調說：「一般人只要有過喜怒哀樂的經驗就能看懂我的小說」，因此，他一直懷抱著淑世的熱情，以各種不同形式，包括投入電視拍「芬芳寶島」紀錄片，做兒童劇場，編寫宜蘭鄉土教材等，當然也包括寫小說，來為社

會轉型、發展過程的細微變化與矛盾留下生動的見證。他的一段話可以為這種文化性格做註腳：「如果純粹站在藝術的觀點認為我應該收斂，我寧願不要那麼冷靜地呈現我的藝術，寧可呈現我作為一塊血肉的情感。」

從《鑼》到《放生》，我認為黃春明的文字風格沒變，明顯的社會意識也不曾稍減。以最新出版的《放生》為例，黃春明小說中的幾個特色依然可以看到，如對鄉土小人物，或是「受屈辱的一群」寄予深切同情，並努力張揚其可貴的人性光輝；在寫作技巧上，基本採用寫實主義的創作手法；在語言表現上，多採通俗樸實的日常語言，不事雕琢等。他擅長描摹細節，以獨到的觀察力，透過人物言行，刻畫人物的性格特點，挖掘人物內心世界的底蘊，如《放生》中的〈打蒼蠅〉一篇，寫老人百般無聊的心境，他的描寫真是令人絕倒，不得不佩服他說故事的高超本領：

> 林旺欉老先生席地坐靠門檻，手執蒼蠅拍子，從上午自家房子的影子罩到巷道對面那一邊的水溝，就拍答拍答地拍打，打到影子已經縮到門前的水溝了。由於氣溫越升越高，蒼蠅打不勝打，越打越多，永遠都打不完。是很無聊，這樣打下去，根本就無濟於事。從三月間搬到新房來，一開始打蒼蠅不久，他就這樣想了。可是，有了這樣的想法之後，對打上癮了的他，卻像一根小刺刺到身上的皮膚裡面，想拿拿不到，不拿雖不礙事，但碰到了，或是想到就不舒服。過了一陣子，他發現自己打蒼蠅的技術，神到拍無虛發，打死的蒼蠅隻身完好，可見運作斟酌，恰到好處。……

老人打蒼蠅打發時間，愈是打得出神入化，愈表示無聊的程度。看到這裡，令人發笑，但也為老人的寂寞、孤單感到同情。誇張的描寫背後，是黃春明強烈的理性精神與人文關懷意識，正如他說這些作品是「要為這一代被留在鄉間的老年人做見證」。

《放生》中的瞎子阿木、現此時先生、林旺欉等人物，讓我們有「似曾相識」之感，彷彿又看到了〈兩個油漆匠〉中的阿力與猴子、〈兒子的大玩偶〉中的坤樹、〈鑼〉的憨欽仔、〈看海的日子〉的白梅、〈魚〉的阿蒼等等。一直沒變，黃春明就是黃春明，一個善於說故事的傑出小說家，鄉土小人物的代言人。

▌二、鄭清文：冰山理論的服膺者

在爾雅出版社三十年的《年度短篇小說選》中，曾入選八篇、也是入選次數最多的小說家鄭清文，在臺灣文壇，以其特有含蓄輕淡的風格，簡潔優美的文字，以及對人性深層的生動刻畫，而備受推崇。曾獲臺灣文學獎、吳三連文學獎、時報文學獎推薦獎等多項榮譽。1999 年 10 月，以英文版小說《三腳馬》榮獲美國「桐山環太平洋書卷獎」，是首位臺灣作家獲得此一國際文學獎項。鄭清文，1932 年生，臺北縣人，臺大商學系畢業，任職華南銀行四十多年，1999 年 1 月退休，目前專事寫作。作品以小說為主，除《峽地》、《大火》為長篇外，均為短篇，有《校園裡的椰子樹》、《最後的紳士》、《滄桑舊鎮》、《報馬仔》、《相思子花》等十餘種，1998 年有《鄭清文短篇小說全集》共七冊出版。

鄭清文小說的輕淡風格，源於他的小說理念。他認為：「小說是生

活，藝術，思想。小說題材來自生活，用生活語言，簡單含蓄的表達出來。」他最推崇外國作家契訶夫和海明威，他對契訶夫「文學只做見證，不做裁判」的說法表示稱許，主張作者的想法，應隱含在作品之中。他也服膺海明威的「冰山」創作理論，認為「因為簡單，所以它可以含蓄得更多」；因此，他的小說多半將豐富的意蘊隱藏於狀似簡單的描寫中，不作聲嘶力竭式的吶喊。可以說，海明威明快簡潔的文體，加上他說過的：「契訶夫對人類的憐憫心是極深的，這是我最推崇、感動的原因。」這兩人的小說風格與人生理念，深深影響了鄭清文。

　　小說家李喬曾指出鄭清文的小說主題趨向有四點：一、著重悲劇過程的探討，指出人間悲劇形成的內外因因果果；二、描寫「得救的過程」，得救在於自覺奮鬥，不斷成長；三、從深層面看社會問題，避免浮光掠影的吶喊，專事真相的冷靜提出；四、認為人生難免要在取捨選擇中備嘗痛苦，不過卻因而呈現了生之意義。這個分析是很精當的。如〈割墓草的女孩〉一篇即是典型鄭清文風格的作品。小說描寫貧苦的小女孩小娟，為貼補家用到墓地替人割墓草，卻遭同鄉男孩阿康的欺壓和勒索，她再三忍讓，但面對阿康強力索錢的無賴行徑，瘦弱的小娟選擇了向強壯兇惡的阿康作自救的攻擊：

　　「給不給？」阿康脫下手套。看來，他是非要到不可了。現在，
　上坡的這邊路上已沒有人影。她不知道阿康將做出什麼事，但
　她知道她必須靠自己的力量來保護自己。
　　「給我。」
　　「不行。」
　　「給我。」

他又伸手過來。她用雙手抱住胸口。他又抓住她的手，用力扳開。他的手伸向她的胸前。突然，她用力抓住他的一隻手，抓住一根手指，俯下頭，猛咬下去。

「哼，妳咬我。」他想把手收回，她卻抓得更緊。

她的牙齒還一直咬著。

弱者的勇敢反抗，混合著恐懼、孤單與無奈，但卻提升了人物的生命莊嚴。小娟面對磨難所產生的勇氣，令人讀來動容。社會的不合理現象，弱肉強食的生活現實，透過這一個情節簡單的故事表現出來，這篇小說的主題彰顯正符合了李喬的看法。

此外，鄭清文筆下總是充滿憐憫與同情，即使是處理反面、有缺陷的人物，他也心存忠厚，寫出人物內心的矛盾或無奈，而使作品更具人性反思的深度。如他的代表作〈三腳馬〉，寫曾任日本警察、當過日本人走狗的老人曾吉祥，在日本戰敗後，隱居舊鎮數十年，不斷藉著雕刻三腳木馬來表示自責與懺悔。鄭清文寫出曾吉祥當走狗的嘴臉，但也不忘描寫他因地位低賤和生理缺陷等原因備受欺凌，而在一種不服輸的心理驅使下一步步走上當走狗的道路。小說最後藉問答道出人物心中的悔恨，十分生動：

「你刻那些馬，是一種自責？」

「當時，臺灣人稱日本人是狗，是四腳，替日本人做事的走狗，是三腳。」

「你為什麼只刻馬？而不刻其他的動物？」

「因為他們要的是馬。我刻著，刻著，突然間，好像在那些馬

身上看到了自己，所以就試著把自己刻上去。」

我把地上、牆角的馬一隻一隻拿起來，雖然每一隻的姿勢都不一樣，卻都有一個共同的特點。牠們的表情和姿態都充滿著痛苦和愧怍。

把曾吉祥揮之不去的痛苦，時代錯誤下的人性扭曲，贖罪的悲劇心理，政治變化的象徵意義，都做了婉轉但清楚的折射。寓諷諫於憐憫，鄭清文的小說不見奇詭浮華，卻能恰到好處地微視人性的底層真相，造就出他質樸自然的獨特風格，人道主義關懷的特色。

在詭魅、虛無、華麗、造作充斥的當代文壇，鄭清文的小說是一道清流，一抹不容忽視的安靜色調。

三、張大春：新招迭出的小說頑童

「小說家設若沒有隨時翻修甚至重塑自己的勇氣，他最好去編輯國史。」這是張大春的小說創作觀。這句話也說明了他何以在小說藝術上具有強烈的開創精神，不斷求新、求變的心理因素。從八○年代開始，張大春的小說在內容和形式上一直不斷蛻變，小說在他手中宛如隨意捏弄的陶土，翻新的速度之快、花樣之多，令人目不暇給。「不知張大春下一部小說又有什麼新花招？」成了文壇有趣的茶餘話題之一。他像是個頑童，對小說進行著一次次「嚴肅的遊戲」，新招迭出，每一出手就引起注意。他和黃凡被視為八○年代新小說家的代表，但與黃凡進入九○年代即停筆沈寂相比，張大春的小說實力與企圖心，使他在九○年代依然管領風騷至今。

　　張大春，1957 年生於臺北，原籍山東濟南。輔仁大學中文研究所碩士。1976 年開始寫作，至今出版的小說集已有長篇《時間軸》、《大說謊家》、《沒人寫信給上校》、《撒謊的信徒》、《城邦暴力團》等，以及短篇小說集《公寓導遊》、《四喜憂國》、《尋人啟事》等近二十種。他最早期的作品《雞翎圖》，具有鮮明的社會批判性，寫實風格突出。八○年代中期出版《公寓導遊》後，他以魔幻現實主義寫作風格奠定文壇地位。到以〈將軍碑〉獲得第九屆時報文學獎，同時獲第五屆洪醒夫小說獎，他深受馬奎斯影響的「魔幻寫實」技巧在國內已少人匹敵。小說家季季不得不稱讚他是「才子型作家」。但是，他同時也在寫歷史小說《刺馬》、《大雲遊手》，鄉野傳奇《歡喜賊》，科幻小說《病變》，新聞小說《大說謊家》等，當然還有八○年代後期開始的後設小說寫作，如〈寫作百無聊賴的方法〉、〈印巴茲共和國事件錄〉等，以及後來化名「大頭春」寫的《少年大頭春的生活週記》、《我妹妹》等青春喜劇式的少年小說。由此可知，張大春是一位永不疲倦的藝術探險者，才氣橫溢的小說實驗者。

　　張大春除了寫小說、散文、評論，還主持過電視的讀書節目，擔任過中國時報《人間》副刊編輯、中時晚報副刊主編，也在輔大中文系兼課，發展多方位。2000 年伊始，他搖身一變成了主持電臺節目的說書人，出版了號稱「顛覆現實非現實，虛擬造境新武俠」的五十萬字長篇小說《城邦暴力團》，集結現代與武俠、現實與傳奇、暴力與愛情於一身，對讀者而言，又是一次小說閱讀觀念的挑戰。該書封底寫著：「是張大春近年來最具爆炸性、純中國魔幻寫實代表力作。」足見他對「魔幻寫實」技巧的情有獨鍾。雖然他於季季編選的《七十五年短篇小說選》中曾提到：「我正在告別魔幻寫實」，但看來並沒有，一如他於

《公寓導遊‧陌生話》中說：「我已經試著離開《公寓導遊》」，看來也離公寓並不太遠。

在〈將軍碑〉中，主人公八十多歲的老將軍能「穿透時間，周遊於過去與未來」，一下子可以回到自己九十歲冥誕的會場，大發雷霆；一下子可以看到榮工正在修築紀念碑，預備九十歲冥誕時落成；一下子可以帶著老管家「重返古戰場」，回到民國 21 年 1 月 20 日的上海，看著五十名「日本青年保衛社」社員燒毀一家毛巾工廠；有時竟造訪民國 27 年的徐州會戰及台兒莊大捷現場，並對已是社會學名教授但仍未婚的兒子維揚說：「這是中國的歷史你知道不知道？」然後聽到維揚恭敬地答道：「那是您的歷史，爸。」「而且都過去了。」老將軍甚至還參加了自己的葬禮：

> 葬禮果然按照他的意思，在淡泊園舉行。他的遺像還是七十二歲剛退役的時候照的那張，懸掛在大廳朝南的牆上。兩旁四壁和大廳的橫梁上掛滿了各式各樣的輓聯和匾額。（他摘下老花鏡，看了一幅上聯，就感覺有點頭昏腦脹，上氣不接下氣，乾脆作罷。）他好不容易從人堆裡瞥見維揚，……他得挺直腰桿、踮顛著腳尖才看清楚兒子的鬢角也泛白了。將軍半是嗔怨、半是憐惜地扯扯維揚的袖口，說：「到我死了還不肯討老婆，我做了什麼孽，要你來罰我絕子絕孫！」維揚甩甩袖子，沒理他。

小說打破現實和夢幻，過去和現在的界限，甚至具有「造訪未來」的能力，將老將軍的回憶、傳記作家的作品、兒子的記憶全交織在一起，形成真假莫辨的效果，消解了所謂寫實的神話，指出「客觀寫實」的虛妄

性。歷史書寫、傳記資料、媒體報導等的權威性，在張大春筆下有最強烈的質疑。從最早的《雞翎圖》開始，張大春就一面扣緊時代的脈動，一面又利用語言文字的「顛覆性」，向真實與虛構挑戰，進行一次又一次的語言實驗與書寫遊戲。從他的作品中，「天下沒有寫實這一回事」的命題，有了巧妙但具說服力的演示。

張大春在《小說稗類》中說：「我半生的志業（以及可見的一生的作業）都是小說」。迭出新招、出手不凡的他，不知道下一部作品又有什麼新花招？

四、朱天心：迷戀記憶的老靈魂

王德威在評《古都》的序言中說：「朱天心作品最重要的特色是對時間、記憶，與歷史的不斷反思。」他用的標題是〈老靈魂前世今生——朱天心的小說〉；張大春在為《想我眷村的兄弟們》寫序時，也以〈一則老靈魂——朱天心小說裡的時間角力〉為題，指出朱天心「對探索時間所消磨的一切事物——青春、情感、理想、肉體、人際關係以及政治現實等等，抱持了多麼濃烈且專注的興趣。」兩人都以「老靈魂」稱之，說明了朱天心小說對時間所衍生的諸如記憶、存在等生命本質命題的關心與思索。她看似「折衝於個人生死的辯難」，「其實卻是在起承轉合，做大歷史連綿氣勢的思考」（平路語）。

老靈魂其實並不老。朱天心，1958 年生，山東人。臺大歷史系畢業。曾和友人創辦《三三集刊》和「三三書坊」，現專事寫作。大學時代，朱天心即在文壇嶄露頭角，但並不多產，有時一整年只寫了一篇短篇小說。不過，她卻曾連續三年（1989、90、91）入選《年度短篇小說

選》，多次榮獲時報文學獎、聯合報小說獎。1997 年出版的《古都》，
連獲金鼎獎、聯合報讀書人獎、中國時報開卷十大好書，足見其作品以
質精取勝。主要作品有散文《擊壤歌》、《學飛的盟盟》等，小說《方
舟上的日子》、《未了》、《我記得……》、《想我眷村的兄弟們》、
《古都》等。

　　朱天心的寫作風格與取材，在八〇年代末期有顯著的轉變。早期的
《方舟上的日子》、《昨日當我年輕時》等，多半直接取材自生活。到
了 1989 年《我記得……》以後，開始有自覺性的突破，觸角伸入社會運
作體系背後的真實經驗與反省。從年輕飛揚、單純浪漫的《擊壤歌》風
格，跨到〈新黨十九日〉、〈袋鼠族物語〉的強烈社會現實風格，朱天
心的變化很明顯。周寧對此有所觀察：「作者近年來的小說，我們從中
深切體會到她的蛻變，關心的人間事越來越開闊，也越來越深入。……
她在變，而且越來越突出。新的格局，新的風格，新的技巧──一個更
成熟的朱天心。」朱天心自己也曾剖析這段文學歷程的轉折：

> 在《我記得……》之前，我覺得自己在寫作上遇到瓶頸，而停
> 筆四、五年，到了將近三十歲，我感覺到長期對政治的關注開
> 始有心得，尤其是解嚴後，政治開始鬆動，新出土的資料，讓
> 自己又有新的發現，再加上年齡愈趨成熟，逐漸又有話要說，
> 於是便寫下了《我記得……》

由此可見，朱天心也以《我記得……》作為自己小說創作的分水嶺。此
後，她的小說果然都有迥異過去的表現，眷村子弟、同性戀、家庭主
婦、政治迫害者、現代都市女性等人物刻畫更多元、精準，死亡、回

憶、慾望、真偽等的體會與觀察更深入、敏銳,小說敘事風格更成熟、寬廣,且看《想我眷村的兄弟們》中的片段即可探知一二:

> 妳大概不會知道,在那個深深的、老人們煩躁嘆息睡不著的午夜,父親們不禁老實承認其實也好羨慕妳們,他多想哪一天也能跟妳一樣,大聲痛罵媽啦個B國民黨莫名其妙把他們騙到這個島上一騙四十年,得以返鄉探親的那一刻,才發現在僅存的親族眼中原來自己是臺胞、是臺灣人,而回到活了四十年的島上,又動輒被指為「你們外省人」,……總而言之,妳們這個族群正日益稀少中,妳必須承認,並做調適。

時代的錯誤,產生「眷村」獨特的文化景觀,朱天心抓住時間過程中的滄桑變化,寫出時代、社會、政治、經濟糾結在一起的特定時空經驗,躍然紙上的不僅是眷村風貌,還有時移事往的生活軌跡。老靈魂更明顯的現身是《古都》,我們看到女主人公陰錯陽差被當成日本觀光客,乾脆將錯就錯,拿著日文臺北導遊手冊,重新逛起她熟悉的臺北城市,於是,重慶南路、西門町、中山北路、淡水、大度路、宮前町、圓山町、江山樓、李臨秋家、辜顯榮宅等等,一一走過,時時憑弔。歷史、現狀、回憶與思索,都被朱天心巧妙地融合在宛如幽靈般的懷舊氛圍中,光影交錯,時光如水流動渲染成一幅記憶中美好、迷亂、虛無的圖像。這也就難怪駱以軍會直接以「記憶之書」來概括《古都》了。

沒有過去,就沒有現在與未來;失去了記憶,人的生存是飄盪無根的。朱天心小說中的老靈魂,其實是與時間角力,與永恆拔河,雖說不可能獲勝,但在追尋中,自我的存在意義也就完成了。老靈魂還年輕,

作品也禁得起時間的風化，對這位值得期待的優秀小說家，我們將會牢牢「記得」。

▲ 主要參考書目 ▼

一

小說創作論，羅盤著，臺北：東大圖書公司，1980 年。

中國小說美學，葉朗著，臺北：里仁書局，1987 年。

小說美學，陸志平、吳功正著，北京：東方出版社，1991 年。

小說藝術面面觀，格非著，江蘇文藝出版社，1995 年。

小說語言美學，唐躍、譚學純著，安徽教育出版社，1995 年。

小說入門，李喬著，臺北：大安出版社，1996 年。

小說技巧，傅騰霄著，臺北：洪葉文化公司，1996 年。

心靈世界，王安憶，上海：復旦大學出版社，1997 年。

小說稗類，張大春，臺北：聯合文學出版社，1998 年。

本事，張大春著，臺北：聯合文學出版社，1998 年。

小說鑑賞入門，魏飴著，遼寧師範大學出版社，1998 年。

小說藝術論，馬振方著，北京大學出版社，1999 年。

極短篇美學，瘂弦等著，臺北：爾雅出版社，1992 年。

世界華文微型小說研究，劉海濤著，廣州：中山大學出版社，1998 年。

極短篇的理論與創作，張春榮著，臺北：爾雅出版社，1999 年。

微型小說藝術探微，凌煥新著，南京師範大學出版社，2000 年。

二

臺灣文學史綱，葉石濤著，臺北：文學界雜誌社，1987 年。

臺灣新文學運動四十年，彭瑞金著，臺北：自立晚報出版部，1991 年。

臺灣文學史，劉登翰等著，福州：海峽文藝出版社，1991 年。

臺灣新文學概觀，黃重添等著，廈門：鷺江出版社，1991 年。

臺灣小說發展史，古繼堂著，臺北：文史哲出版社，1996 年。

臺灣現代小說史綜論，陳義芝編，臺北：聯經出版公司，1998 年。

中國現代小說史，夏志清著，臺北：傳記文學出版社，1979 年。

小說中國，王德威著，臺北：麥田出版社，1993 年。

中國現代小說史，楊義著，北京：人民文學出版社，1993 年。

二十世紀中國文學史，孔範今編，山東文藝出版社，1997 年。

陳平原小說史論集，陳平原著，河北人民出版社，1997 年。

中國現代文學三十年，錢理群等著，臺北：五南圖書公司，2002 年。

中國當代文學史略，李達三主編，浙江大學出版社，1989 年。

新編中國當代文學史，金漢等主編，杭州大學出版社，1992 年。

大陸「新寫實小說」，唐翼明著，臺北：東大圖書公司，1996 年。

中國當代新潮小說論，吳義勤著，江蘇文藝出版社，1997 年。

中國當代文學史教程，陳思和主編，上海：復旦大學出版社，1999 年。

中國當代文學史，鄭萬鵬著，北京語言文化大學出版社，2000 年。

三

小說面面觀，E. M. Forster 著，李文彬譯，臺北：志文出版社，1973 年。

短篇小說的批評門徑，Charles Kaplan 著，徐進夫譯，臺北：成文出版社，1977 年。

一部小說的故事，Thomas Clayton Wolfe 著，黃雨石譯，三聯書店，1991 年。

小說理論，M. M. Bakhtin 著，白春仁、曉河譯，河北教育出版社，1998 年。

小說的藝術，艾略特等著，張玲等譯，北京：社會科學文獻出版社，1999 年。

國家圖書館出版品預行編目資料

現代小說概論／張堂錡編著.
--初版.--臺北市：五南, 2003〔民92〕
面；　公分
參考書目：面
ISBN 978-957-11-3402-4（平裝）
1.中國小說－歷史－現代(1900-)
2.中國小說－評論　3.中國小說
820.9708　　　　　　　92015353

1XR9　現代文學系列

現代小說概論

編　　著 － 張堂錡(201.3)

發 行 人 － 楊榮川

總 經 理 － 楊士清

總 編 輯 － 楊秀麗

副總編輯 － 黃惠娟

責任編輯 － 蔡佳伶 高雅婷

出 版 者 － 五南圖書出版股份有限公司

地　　址：106台北市大安區和平東路二段339號4樓

電　　話：(02)2705-5066　傳　　真：(02)2706-6100

網　　址：http://www.wunan.com.tw

電子郵件：wunan@wunan.com.tw

劃撥帳號：01068953

戶　　名：五南圖書出版股份有限公司

法律顧問　林勝安律師事務所　林勝安律師

出版日期　2003年 9 月初版一刷
　　　　　2019年10月初版八刷

定　　價　新臺幣260元

經典永恆・名著常在

五十週年的獻禮 —— 經典名著文庫

五南，五十年了，半個世紀，人生旅程的一大半，走過來了。
思索著，邁向百年的未來歷程，能為知識界、文化學術界作些什麼？
在速食文化的生態下，有什麼值得讓人雋永品味的？

歷代經典・當今名著，經過時間的洗禮，千錘百鍊，流傳至今，光芒耀人；
不僅使我們能領悟前人的智慧，同時也增深加廣我們思考的深度與視野。
我們決心投入巨資，有計畫的系統梳選，成立「經典名著文庫」，
希望收入古今中外思想性的、充滿睿智與獨見的經典、名著。
這是一項理想性的、永續性的巨大出版工程。
不在意讀者的眾寡，只考慮它的學術價值，力求完整展現先哲思想的軌跡；
為知識界開啟一片智慧之窗，營造一座百花綻放的世界文明公園，
任君遨遊、取菁吸蜜、嘉惠學子！